短歌練習帳

高野公彦

本阿弥書店

目次

第一章

決まり文句を使わない

次の十六首の中から「決まり文句を使っていない歌」を五首えらびなさい。

①脱皮せぬ蟋蟀あをき羽のまま足折りて死す炎暑の庭に
②韓流のドラマの最後泣きさうになつて画面に釘づけとなる
③君といるディズニーランドは夢の国財布のひもが緩んでしまう
④錆鮎の赭《あか》き背に振る秋の塩ふるさとの川匂ひ立つなり
⑤台風はつめ跡残しわが家の池の小亀をさらひゆきたり
⑥炎天下生き急ぎ鳴く蟬しぐれ恋のよろこび恋のかなしみ
⑦歌の師と仰ぎし人の一周忌形見の歌集そつとひもとく
⑧菩薩さまと呼ばれし人の葬送は俄か雨来て傘の花が咲く
⑨樫の木の幹いだきつつ植木屋が枝をはらへば秋陽差し入る
⑩空襲のごとく清流の鮎おそふ川鵜の群れは一糸乱れず
⑪裏庭に生え放題の雑草は猛暑の日々の置き土産にて

⑫漱石の見てゐた景色写したくカメラを提げて早稲田を歩く
⑬お昼どき雨に打たれし運動会うらみ骨髄頂点に達す
⑭石塀の上に枯れ枝置くごとく蛇ゐて動かず秋の暮れがた
⑮坐りたい電車のドアがひらく時どつと椅子取りゲーム始まる
⑯川島よゴール止めろと午前二時ビール片手にエールを送る

【答と解説】

決まり文句というのは、〈ちょっとしゃれた言い方で、かつ使い古された常套的な表現〉のことです。例えば「桜ふぶき」「不夜城」「都会のオアシス」「落葉のじゅうたん」「企業戦士」などがそうです。決まり文句は、個性的な表現ではなく、既成の言い方にすぎません。詳しくは八頁の**【総説と秀歌】**をお読みください。

①は、死んだ蟋蟀の様子をえがいた写実的な歌で、決まり文句は使われていません。いい歌です。②は「釘づけ」が決まり文句です。釘を打ち込まれたら、にんげん死んでしまいます。テレビにかじりつく、という決まり文句もあります。かじりついたら、歯が折れます。どれも大げさな言い方なのです。では、この歌はどうすればいいか。釘づけなどと言わず、描写をするのです。一例「韓流のドラマの最後泣きさうになつて画面を中腰で見

る」。

③これは「財布のひもが緩む」が決まり文句です。財布に、ひもは付いていませんね。「夢の国」も決まり文句です。④これは精密な描写から生れた秀歌です。

⑤「つめ跡」が決まり文句です。台風に、爪ありませんね。改作例「台風は一夜暴れてわが家の池の小亀をさらひゆきたり」。⑥「蟬しぐれ」が気取っていて古い。それよりも「炎天下生き急ぎ鳴く蟬たちの恋のよろこび恋のかなしみ」の方がいいと思います。⑦「ひもとく」が駄目ですね。第五句は「そつとひらきぬ」でいいのです。

⑧「傘の花」が決まり文句。傘をよく見てください。花ではありません。⑨これはいい歌です。⑩「一糸乱れず」がいけません。⑪「生え放題」がやっぱり決まり文句です。「置き土産」も感心しません。

⑫これはいい歌です。下手な作者だったら四句は「カメラ片手に」と言ってしまうでしょう。⑬「うらみ骨髄」には驚きました。言葉の空回りです。⑭寒くなって動きの鈍くなった蛇をえがいています。「枯れ枝置くごとく」という比喩の効いたいい歌です。

⑮「椅子取りゲーム」が新種の決まり文句です。あの争いはゲームではない。⑯先般のサッカーW杯の試合を詠んだ歌ですが、「ビール片手に」が決まり文句。普通に「ビール飲みつつ」と言うほうがいいのです。右の⑫を参考にしてください。

正解　決まり文句を使っていない歌は、①④⑨⑫⑭の五首でした。

【総説と秀歌】

決まり文句とは、文字通り、決まりきった言い方のことです。もう少し詳しくいえば、誰かが考案して次第に広がっていった、没個性的な言い方です。例えば「セピア色の思い出」は、ちょっとしゃれた、ムードのある決まり文句です。一方、「犬がわんわん鳴く」「すくすく育つ」「はらはらと散る」のように、無意識に使われる決まり文句もあります。いずれにせよ、言い古された決まり文句を使っていては、いい歌はできません。

もっと実例を見ましょう。ムードのある決まり文句としては、「桜ふぶき、傘の花がひらく、菜の花のじゅうたん、落葉のじゅうたん、緑のカーテン、蟬しぐれ、暮れなずむ街、満天の星、天体ショー、大空のカンバス、桜のトンネル、企業戦士、椅子取りゲーム、都会のオアシス、不夜城、銀世界、冬将軍」などがあります。どれも、人さまの手垢がいっぱい付いた言葉です。

また、昔から使われてきた古風な決まり文句も数多くあります。「本をひもとく、舌鼓を打つ、大学の門をたたく、青春を謳歌する、街を闊歩する、閑古鳥が鳴く、財布のひもを緩める、足が棒になる、梅がほころぶ、咲き誇る、○○の花が庭を彩る、降るような星空、つぶらな瞳、雪のような肌、一陣の風、虫がすだく、柿がたわわに稔る、汗の結晶、手に汗にぎる、春の足音、○○が春を告げる、春はすぐそこ、春たけなわ、春爛漫、うだるような暑さ、夏本番、水を打ったような静けさ、山と積む、ところ狭しと、丹精こめる、手塩にかける、指折り数える、首を長くして待つ、待ち侘びる、台風の爪あと、世間の荒波、激動の昭和、歴史のロマン、老いの坂」――などがそうです。どれも古臭くてカビが生えた表現ですね。

　でも、手紙やテーブルスピーチでは、決まり文句が威力を発揮します。テレビのニュースの中でも、決まり文句は有効です。そんな場で使えばいいのです。

　ところで第一級の歌人は、決まり文句を逆手にとって上手に使うことがあります。A以下十首がその例です。それぞれ「善悪の彼方」「○○放題」「まことしやかに」「ざあざあ」「○○を耳にはさむ」「清く正しく美しく」「歯をくひしばる」「笑止」「雨の降る日は天気が悪い」「川の字」が決まり文句、あるいはそれに準じる言葉です。

　Aは、サウジアラビア上空での作。「彼方」の使い方が微妙で巧みです。Dは、「ざあざあ」を二回使うことで新鮮味を出しています。Hは、「我が恋は　水に燃えたつ蛍々《ほたるほたる》　物言はで笑止の蛍」（閑吟集）の本歌取です。Ｊの作者はまだ二十歳にならぬ、歌の上手な学生です。

【決まり文句を活かした歌】

Ａ　みるかぎり起伏をもちて善悪の彼方の砂漠ゆふぐれてゆく　　佐藤佐太郎『冬木』

Ｂ　武力を持たぬ小国なれば日本は言はれ放題獲られ放題　　宮　柊二『忘瓦亭の歌』

Ｃ　みづうみに水ありし日の恋唄をまことしやかに弾くギタリスト　　塚本邦雄『水葬物語』

Ｄ　見てをれば悲しくなりぬ止むとなく雨はざあざあざあざあ降れり　　野村　清『皐月號』

Ｅ　しののめの下界に降りてゆくりなく石の笑いを耳にはさみぬ　　山崎方代『迦葉』

Ｆ　小生は清く正しく美しく生きて来たとは言うていません　　石田比呂志『涙壺』

Ｇ　もの書くと重荷を提ぐと未だ吾にくひしばる歯のありてくひしばる　　安立スハル『安立スハル全歌集』

Ｈ　もの言わで笑止の蛍　いきいきとなじりて日照雨《そばえ》のごとし女は　　永田和宏『やぐるま』

I　死は一度　梅には梅のはなが咲き　雨の降る日は天気が悪い

小島ゆかり『折からの雨』

J　一枚の布団で三人川の字に並んで眠れる友がいること

金　美里（短大生）

第二章

すぐれた日常詠

次の日常詠十四首の中から、いいと思う歌を五首選びなさい。(歌の意味は明確か、また内容に具体性があるか、新鮮味があるか、などの点に留意して選んで下さい。)

①犬とゐる二人の暮らしを見守られ犬一匹の大いなる存在

②わが諸手食器も共に打ち鳴らし水は楽しむ日に三度ほど

③手づくりの薄紅色のりんごジャム置けば華やぐ今朝の食卓

④星月夜窓を開くれば虫の音のそよ吹く風に聞こえ来るなり

⑤職を辞し体いたはる日々なれど余生の風に感謝の呼吸

⑥四万十の河原に拾いし漬け物石半世紀経ちてなおも現役

⑦母からの小包のなか我思う愛情つまった応援グッズ

⑧住み古りて人の和うれし風邪ひけば買物を問ふ隣人の声

⑨暗き事件日々つづくなか夫と吾サザエさん見て心はれゆく

⑩南瓜煮るくつくつくつと音がして染まり始めた果肉と西空

⑪数独にはまりてしばし吾が時と家事も暑さもうっちゃりてグー

⑫遠き日のやうに枕を並べ寝る母には聞こえぬこほろぎ聞きて
⑬息子らのそれぞれ好きなおにぎりは上の子すじこ、下の子たらこ
⑭臥す耳にをりふし聞こゆるチリチリと向ひの軒の小さな風鈴

【答と解説】

日常的な事柄を対象とした歌が日常詠です。ありふれた題材を扱うわけですから、ただ漫然と詠むと、歌は平凡になります。事柄のとらえ方が、旧式でなく、柔軟で新鮮であること、これがいちばん大事でしょう。そして、できるだけ具体的に描写することも大事ですね。

作品の優劣を判定するのは難しいことですが、以下、一首一首の良し悪しについて私の考えを述べてみます。

①は、老夫婦が犬に見守られながら生活しているという歌ですが、犬の具体的な描写が無く、ただ「大いなる存在」と説明しているだけなので、弱いと思います。また、上句と下句のつながり具合も変ですね。

②は意味の分かりにくい歌です。おそらく「水は日に三度、わが両手も食器も打ち鳴らして楽しんでいる」の意味でしょうが、「打ち鳴らす」がやや大げさです。この歌は、事

柄のとらえ方はユニークでありながら、表現の不備がある、という例です。

③は、食卓にりんごジャムが置かれることで生まれた華やぎをうまく描いた秀歌です。④は、具体性はあっても内容が古めかしいですね。⑤は説明的で、また「余生の風」「感謝の呼吸」などの言葉づかいは無理があります。

⑥は、五十年たっても現役、という表現がいいですね。四万十川のまるい立派な石が目に浮かびます。⑦は気持ちを述べただけ。「愛情つまった応援グッズ」では、何が送られてきたのか、よく分かりません。⑧はいい歌です。風邪で寝ている時に隣人が声をかけてくれた嬉しさが素直に伝わってきます。⑨はまとまりのある歌ですが、上句と下句の対比がやや常識的ではないでしょうか。

⑩は「果肉」が唐突です。もしかすると南瓜のことでしょうか。しかし、南瓜は果肉とは言わないはず。⑪は、具体性のある点がいいのですが、「はまる」「うっちゃる」「グー」などの言葉づかいが俗で軽い。⑫作者は、老いて耳の遠くなった母と並んで寝て、虫の声を聴いています。ひたひたと哀しみの漂う、いい歌です。

⑬内容は単純ながら、面白味のある歌ですね。⑭の「臥す」は単に寝ているのか、それとも病臥中なのか。また、時間はいつごろか。そのあたりが明確になれば、いい歌になるでしょう。

正解　日常詠として優れている歌は、③⑥⑧⑫⑬の五首でした。

【総説と秀歌】

ふだんの生活の中でよく起きる出来事を詠んだもの、それが日常詠です。日常詠に似た言葉で、かつて雑歌《ぞうか》というのがありました。万葉集の中に「雑歌」「相聞」「挽歌」という分類があって、相聞歌でも挽歌でもないものを、大まかに雑歌と言ったのです。例えばこんな歌です。

大君は神にし座《ま》せば天雲の雷《いかづち》の上に廬《いほ》らせるかも　柿本人麿

不聴《いな》と言へど強ふる志斐《しひ》のが強語《しひがたり》このごろ聞かずて朕《われ》恋ひにけり　持統天皇

ひさかたの天の香具山このゆふべ霞たなびく春立つらしも　柿本人麿歌集

これを見ると、いわゆる日常詠がある一方、そうでない歌も含まれていることが分かります。行幸や宴会など公の場で詠まれた歌も、雑歌として分類されたのです。

古今集にも雑歌の部があります。例えばこんな歌。

わがうへに露ぞ置くなるあまの川とわたる舟のかひのしづくか　よみ人しらず
あまつかぜ雲のかよひぢ吹き閉ぢよをとめのすがたしばしとどめむ　遍昭
世の中はなにかつねなるあすか川きのふの淵ぞけふは瀬になる　よみ人しらず

四季の歌、恋の歌、哀傷歌（挽歌）などから外れた歌が雑歌とされました。しかしながら現代の日常詠とはまだかなりの隔たりがあります。本当に日常生活の断片を詠むようになったのは、幕末の歌人・橘曙覧あたりからで、その影響を受けた正岡子規が日常詠を確立しました。

吉原の太鼓聞こえて更くる夜にひとり俳句を分類すわれは　正岡子規
昔せし童遊びをなつかしみこより花火に余念なしわれは
人皆の箱根伊香保と遊ぶ日を庵にこもりて蠅殺すわれは

蠅を殺す歌なんて、かつて詠んだ人は皆無でした。これ以後、どんな題材を詠んでもいいんだということになり、いま日常詠は百花繚乱（玉石混交ですが）、歌のいちばん中心的な場所を占めています。

次の十首、日常のさまざまな断面を詠んだ秀歌です。Cは散歩の歌、Gはジョギング中の歌です。目の前にない毛沢東の剝製を取り込んで詠んだのが日常詠として新鮮だと思います。Hは時計を童話ふうに詠んでいます。Jは、幼稚園児（五歳九ケ月）が作った歌です。祖母の手で歌集『鳩さん鳩さん』も出版されました。

【日常を詠んだ秀歌】

A　あたらしく耳搔《みみかき》買ひて耳を搔くふるぶるしくなりて毛の生えし耳を　　斎藤茂吉『つきかげ』

B　夕刊を取りこみドアの鍵一つかけてしまへば夜の檻のなか　　大西民子『風水』

C　アバウトに川沿ひ来れば鴨の居て羽《は》づくろふ見ゆわたしも休まう　　宮　英子『やがての秋』

D　信長が甕《たほ》れし齢《とし》にわれなりて住宅ローン残千八百万　　小池　光『静物』

E　唐突にポケットティッシュ手渡されそのふにやふにやを持ちて歩めり　　沢田英史『異客』

F　せつなしとミスター・スリム喫《す》ふ真昼夫は働き子は学びをり
栗木京子『中庭《パティオ》』

G　はしること脚にまかせて走りつつ毛沢東の剝製おもふ
都築直子『淡緑湖』

H　下りてきた秒針がまたのぼりゆくとても小さな銀靴の音
吉川宏志『西行の肺』

I　あなたには（くつしたなどの干し方に）愛が足らぬと妻はときに言ふ
大松達知『スクールナイト』

J　帰り道回り道して土筆んぼ七本みつけたサラダ作ろう。
高橋理沙子（朝日歌壇二〇〇九年四月）

第三章

抒情味のある歌

次の十四首の中から、抒情味がある良い歌を五首選びなさい。（抒情味とは、「抒情的な味わい」とか「抒情性」という意味です。）

①利根川の雨後の流れの上に立つ虹をよぎりて白鷺の飛ぶ
②児童らが夢を形に仕上げたる工作展を巡りて楽し
③子らの住む家の明かりが水田にほのかに映る寄らずに帰る
④君想えばうすべに色に小花咲くかたばみ愛し城跡の径
⑤わが前に立ちし婦人の顔を見て席譲るべきか否かを悩む
⑥覚めやらぬ街の舗道の脇をゆく水の響きも秋めいて来し
⑦垣越しの鳥海の山遥かにて夕日あかるく足もと照らす
⑧集まれば恋愛話して飽きず人のことならよく分かるのに
⑨旅立ちの夫振る手より新緑の風が私の手に走り来る
⑩真椿のあかき花群れ彼方なる蔵王の山の雪のまぶしき
⑪朝靄のなかに一輛電車消えて故郷はふかき緑の柩

⑫かろやかにわが前をゆく街路樹の落葉は秋の音を立てたり
⑬神保町三省堂の前に居り旅程にはなき小さな寄り道
⑭流れつつ花の筏は河岸にぶつかるたびに形変えゆく

【答と解説】

抒情は、自分の感情を抒《の》べることです。抒情に対して叙景という言葉があります。これは風景を叙する（叙《の》べる）ことです。抒情は主観的な表現で、それに対して叙景は客観的な表現といえるでしょう。

感情を抒べた歌を抒情歌、また風景を叙した歌を叙景歌といいます。ただし、抒情歌といっても叙景的な要素が入っていることもあります。ですから実際には、抒情歌か叙景歌かを明確に判別するのは難しいのですが、ここでは「抒情的な要素が含まれていて、しかも良い歌」である、と私の考える歌を選んでみます。

①は眼前の利根川、虹、白鷺をえがいた歌で、これは純粋な叙景歌です。きれいな歌ですが、抒情味はありません。②は「楽し」とあって抒情的な歌に見えますが、「児童らが夢を形に仕上げたる工作展」という表現からは何も具体的なイメージが浮かんできません。抒情が空回りした失敗作ですね。

③は、お子さんが独立して家庭を築いたのでしょう。作者はその家の近くまで来たのですが、団欒の邪魔をしてはいけないと思い、黙って引き返したのです。親として取り残されたような寂しさの感情がにじんでいて、抒情味がある歌といえます。④は君を想う歌で、たっぷりと抒情味があります。愛しはカナシと読むのでしょう。

⑤は心の迷いを詠んでいます。しかしあまりにも散文的で、いい歌ではありませんね。⑥は初秋の季節感がよく出ていますが、やはり叙景歌です。⑦も叙景歌ですね。

⑧は若い女性の歌。自分の恋愛はどうすればいいのか悩んでいるのに、人の恋愛のことになると、いろんなことがよく分かる、という。やや内容が幼稚で、さほど抒情味があるとも思えません。⑨は、新緑の風が私の手に走ってくる、というのがいいですね。抒情味が感じられます。

⑩は写実の行き届いた、出来のいい叙景歌です。しいて言えば、きれいすぎるのが難点かもしれません。⑪の歌、故郷は緑の木々に覆われていながら、過疎地となってしまい、まるで「緑の柩」のようだと言っているのでしょう。抒情味の濃い歌です。

⑫は微かに抒情的な要素もありますが、やはり叙景歌でしょう。⑬は下句に感情の動きが刻み込まれ、抒情味が感じられます。⑭は叙景歌です。なかなか良い歌ですね。四句は「ぶつかりながら」の方がいいかもしれません。

正解　抒情味があって良い歌は、③④⑨⑪⑬の五首でした。

【総説と秀歌】

抒情とは感情を抒《の》べることです。抒情詩のことを英語でリリック（lyric）といいます。リリックから派生したリリカル（lyrical）という形容詞もあり、こちらは便利な言葉なのでときどき用いられます。「リリカルな作品」は「抒情的な作品」という意味ですね。

古代ギリシャに、「リラ」という七弦の竪琴がありました。これに合わせてうたった詩がリリックだそうです。サッフォーやアナクレオンなどという詩人がいました。短い詩を挙げてみましょう（呉茂一訳）。

夕星《ゆふづつ》は、
かがやく朝が八方に散らしたものを
みな元へ連れかへす。
羊をかへし、山羊をかへし、

幼子をまた　母の手に連れかへす。

（サッフォー）

さればこそまた、いと大いなる手斧《てうな》もて
鍛冶《かぬち》のごとく「恋」は我をうち挫《ひし》ぎ、
氷なす急湍《はやせ》の中に浸《つ》け入れぬ。

（アナクレオン）

抒情詩というのは、このように自分の感情を主観的に表現した作品です。ギリシャとは無関係に、わが国でも古代から抒情的な歌が作られました。最古の歌群は古事記に収められていますが、ここではそれに続く万葉集の歌を挙げます。

大夫《ますらを》や片恋ひせむと嘆けども醜《しこ》の大夫なほ恋ひにけり　　舎人皇子《とねりのみこ》
うつそみの人なる吾《あれ》や明日よりは二上山を弟《いろせ》と吾《あ》が見む　　大伯皇女《おほくのひめみこ》
うらうらに照れる春日にひばり上がりこころ悲しも一人し思へば　　大伴家持

このあと抒情詩の伝統は、古今集や新古今集、そのほか民間で唄われた民謡、歌謡などに引き継がれます。俳句もまた抒情詩の一分野です。

明治三十年、国木田独歩・松岡（柳田）国男・田山花袋らが詩集『抒情詩』を出しました。抒情詩という言葉が登場した最初の例だと言われます。念のためにいえば、古代から使われてきた「うた」という言葉は、抒情歌・叙景歌の両方を含みます。抒情と叙景は歌の二本柱です。

戦後、短歌は〈抒情の湿潤性〉や〈思想性の欠落〉などが批判され、心ある歌人たちは真剣に自己改革を行いました。「戦後短歌」は数多くの秀歌を残しました。しかし平成の短歌は、私見によれば〈抒情精神の弛緩〉〈歌の卑小化〉などの問題が起きていると思われます。

【抒情味のある優れた歌】

A　真砂ナス数ナキ星ノ其中ニ吾ニ向ヒテ光ル星アリ　　正岡子規『竹乃里歌』

B　ヒヤシンス薄紫に咲きにけりはじめて心顫ひそめし日　　北原白秋『桐の花』

C　悲しみの結実《みのり》の如き子を抱きてその重たさは限りもあらぬ　　中城ふみ子『乳房喪失』

D　水飼場まみづの匂ひくらやみに牛・馬らのみ聖家族なす　　浜田　到『架橋』

E　あの夏の数かぎりなきそしてまたたつた一つの表情をせよ　　小野茂樹『羊雲離散』

F　木星の真下に君の家ありと蛍橋越えて漕ぎし自転車　　大崎瀬都『海に向かへば』

G　石切り場いつか切り出されむときを待つ薄絹のニンフのからだ

楠見朋彦『神庭の瀧』

H　海原へ出るとき風は風であることを忘れて風になりゆく

片岡　絢『ひかりの拍手』

I　かなかなのすがた見えざる夕暮れを樹の鳴く声として聴いてをり

光森裕樹『鈴を産むひばり』

J　月は日を日は月を追う片想い宇宙《そら》が奏でるカノンニ長調

森本　早（短大生）

第四章

平易な言葉で深い内容を

次の十四首の中から、言葉が平易で内容に深みのある歌を五首選びなさい。（分かりやすくても、内容の浅い歌はいけません。よく見きわめて下さい。）

①遅刻せし若き社員は幾たびも目覚まし時計の責任を言ふ

②五つ六つゆるき起伏の夕ぐれて大磯丘陵寝仏《ねぼとけ》　に似る

③繰り返し一年が過ぎ年重ねもう五十、でもいつでも元気

④近ごろは食事の途中ご飯粒が口からこぼれ床を汚し居り

⑤わが一生《ひとよ》金婚は無し梅散る夜夫の故郷の米を磨ぎをり

⑥アルバムを開けばそこにちちははと昭和の貧しき正月の在り

⑦人間は挫折するたび成長すそんな気がして生きる人生

⑧遺言、と気ままに紙に書いてみてひぐらしの音《ね》の続きを聞けり

⑨喜寿の日がひと月あとに近づきぬかよわき我を支へし人ら

⑩お母さん育ててくれてありがとうこの一言に涙こぼるる

⑪下の子が今日来るといふ知らせあり門を見つめて我は待ちゐる

⑫就職が友にもたらす輝きはわが眼《まなこ》にはまばゆく映る
⑬虹見しを看護ノートに書き加へ母病む部屋にひと日を終へぬ
⑭かすかなる音して落ちる砂時計百八十秒の時を消しゆく

【答と解説】

「言葉が平易」というのは、難解な言葉や耳遠い言葉を使わない、ということです。しかし、小学生にでも分かるような易しい言葉を使うべきだ、という意味ではありません。大人の日本人が理解できるような言葉なら、自由に使っていいと思います。

「内容が深い」というのは、その歌の中に入ってゆくと意外に奥行きが深い、という意味です。歌を詠む時、作者の眼差しが物事の表面ではなく物事の中心部に届いていれば、内容に深みが生まれます。見たことを見たまま歌う、というのでは深い歌はできないでしょう。

さて、右の①から⑭の歌が「深い」かどうか、検討してみましょう。ただ、深さというものを判定する明確な基準はありませんから、あくまでも主観的な私の考えで判定します。（ここに挙げた歌群は、私が選歌している新聞・雑誌の詠草、およびカルチャーセンターの歌などから抄出したものです。私が手を加えたものもあります。）

①は言葉は平易ですが、内容が単純で浅いですね。②は湘南大磯のなだらかな地形を詠んだもので、夕暮れの景です。寝仏（寝釈迦《ねじゃか》ともいいます）という比喩が歌に深みを与えていますね。③は「いつでも元気」と言っているだけで、一首全体が漠然としています。④は見たことを見たまま詠んでいます。もう少し現実を掘り下げて詠む必要があります。⑤は夫と死別して、金婚の日は永久にやってこない、と嘆く歌。悲しみの感情がリアルな描写で支えられ、深い歌となっています。

⑥はなかなか良い歌ですが、「貧しき正月」という表現ではリアルさが不足しています。深い歌まであと一歩、という感じです。⑦は明らかに浅い平凡な歌ですね。

⑧は、そろそろ遺言を書かねば、という年齢に達した人の心の揺らぎがにじみ出た良い歌です。⑨⑩⑪⑫はどれも作者の言いたかった感情が表現されていると思いますが、その感情自体が平凡で浅いのです。もう少し感情の深い所へ降りて行かねば、いい歌にはなりません。⑬はたんたんとした詠み方ですが、看護の労苦やひとときの安らぎが伝わってきて、深みのある歌です。⑭は「時を消す」という捉え方がユニーク。なるほど砂時計は〈時を測る〉というより〈時を消す〉装置でしょう。これも深みのある歌です。

正解　言葉が平易で内容に深みのある歌は、②⑤⑧⑬⑭の五首でした。

【総説と秀歌】

今回のテーマは、平易な言葉と、内容の深さということです。難しい言葉は全て使用禁止、というわけではありませんが、なるべく平易な言葉で作歌するほうがいいですね。詩の実例を挙げると、あの石川啄木は初期の頃、

秋去り、秋来る時劫の刻みうけて
五百秋《いほあき》朽ちたる老杉、その真洞《まほら》に
黄金の鼓のたばしる音伝へて、
今日また木の間を過ぐるか、こがらし姫。
（下略）

というような難しい詩を書いていましたが、やがて、文語でも次のような平易な言葉づか

いに変わりました。

われは知る、テロリストの
かなしき心を――
言葉とおこなひとを分ちがたき
ただひとつの心を、
奪はれたる言葉のかはりに
おこなひをもて語らんとする心を、
われとわがからだを敵に擲《な》げつくる心を――
しかして、そは真面目にして熱心なる人の常に有《も》つかなしみなり。

（下略）

短歌でも、初期と後期を比べると「犠卓《にへだな》に蒼火《あをび》ささげて陰府《よみ》の国妖女《えうによ》夜すがら罪の髪梳《す》く」と「はたらけど／はたらけど猶《なほ》わが生活《くらし》楽にならざり／ぢつと手を見る」のような著しい変化があります。

啄木は、当時流行の詩や歌から大きな影響を受けて出発し、しだいに自分の表現したいものを探り当て、それに応じて言葉づかいも変化していったのです。夢想よりも現実を描きたくなって、平易な言葉を選んだのでしょう。

易しい言葉づかいになったからといって、作品の内容が浅くなるとは限りません。平易な言葉で深い内容を表現することは可能なのです。

深みのある歌は、時間的な広がり、あるいは空間的な広がりを持っています。それだけでなく、この世の不可思議さ、とか、人生の悲哀相・寂寥相といったものを浮かび上がらせている場合も「深い」歌といえます。

次に挙げた秀歌のうち、土屋文明の歌は「人は誰でも永劫の時間（死後の世界）へ入ってゆくのに、死ぬ時期は一人一人ずれて、後先がある。それが悲しい」の意。自分より先に死去した妻を思う歌です。大森作品は、宇宙の闇をさまよう胡桃のイメージが読者を広大無辺な空間に誘い出してくれます。鶴田作品は、「自分は子を運んできた小舟」という見方が斬新で深みがあります。

【言葉が平易で内容の深い秀歌】

A　葛の花　踏みしだかれて、色あたらし。この山道を行きし人あり

釈　迢空『海やまのあひだ』

B　命一つ身にとどまりて天地《あめつち》のひろくさびしき中にし息《いき》す
窪田空穂『丘陵地』

C　終りなき時に入らむに束《つか》の間《ま》の後前《あとさき》ありや有りてかなしむ
土屋文明『青南後集』

D　落ちてゐる鼓を雛に持たせては長きしづけさにゐる思ひせり
初井しづ枝『藍の紋』

E　使ひ捨てのやうに手荒く棲んでゐる地球さびしく梅咲きにけり
馬場あき子『九花』

F　この寒き輪廻転生むらさきの海星に雨のふりそそぎをり
小中英之『わがからんどりえ』

G　真夜わたる白鳥のこゑを覚めて聴く雪に林に水にひびくこゑ
柏崎驍二『百たびの雪』

H　生きながら死んでゆくのが生きること眠るまへ明日の二合の米とぐ
河野裕子『葦舟』

I　転がりてこつんと当たるその壁がみつからぬまま宇宙の胡桃
大森悦子『ナッシング・スペシャル』

J　産むということばの不遜わたくしは子を運び来し小舟にすぎず
鶴田伊津『百年の眠り』

第五章
歌の表記法のこと

次の十四首はいずれも表記の面で問題点があります。正しい（あるいは標準的な）書き方をすればどうなるか、考えて下さい。

①年毎に　四月がくれば　咲いている　杏のように　われも生きたい
②おさな子の手から転げし縫ひぐるみ仰向けのまま花火見てをり
③こおろぎはわが歳月《さいげつ》の底《そこ》に鳴《な》く父逝《ちちゆ》きし夜《よ》の低《ひく》きそのこえ
④水流のさやかに鳴りてごつごつの岩並ぶ祝子渓谷の良き
⑤夢のなか亡き人だれも現れずただ折り折りに見る亡母《はは》の夢
⑥生き方が分からないまま家ごもり日々を過ごして三十歳《さんじふ》となる
⑦撫子は淡紅《うすべに》のいろ月の夜を揺れゐしならむ朝霧《きり》に抱かる
⑧川べりの露草茎の伸びて来て紫色の花付け居たり
⑨死にざまをみせざるぞうの死にぎわをつきのあかるきよるにおもいぬ
⑩コロコロと赤子のごとく寝かされて動けぬ老いが入浴を待つ
⑪はぜ、メバル、べら、あじ、めじな、キンメダイ我に釣られし魚いとしき

⑫彼のこと無理に忘れてレポートを書くため夜更け踊り子を読む
⑬せせらぎの音ひびきつつ水口《みな》に水引かれをり代田ゆたけし
⑭葉桜の風やはらかきグラウンドに子らが校歌をうたふ聲きこゆ

【答と解説】

作品は、読みやすく表記することが大切です。ではどう書けばいいか、今回は短歌の表記法について考えます。

表記法とは、「文字で書き表す法則。漢字・仮名文字の使い分けや、仮名遣い・送り仮名・句読法など」（広辞苑）をいいます。明治以前は、表記法が確立していなかったので、例えば芭蕉は「行はるや鳥啼うをの目は泪」と自分で好きなように句を表記していました。これを「行く春や鳥啼き魚《うを》の目は泪《なみだ》」と書けば読みやすくなりますね。このように、漢字と仮名文字を使い分け、送り仮名を補い、ルビ（振り仮名）を付けたりして読みやすくするのが表記法の基本です。①～⑭の歌について標準的な表記法を考えてみましょう。

①の歌は五七五七七の切れ目ごとに一字あけていますが、あけないのが普通です。②新仮名遣い（おさな子）と旧仮名遣い（縫ひぐるみ、見てをり）が混じっています。一首の中で仮名遣いは統一が無ければなりません。「おさな子」は、旧仮名遣いでは「をさな子」

です。

③漢字全てにルビが付いていて煩わしいですね。④は「祝子」を読めない人が多いでしょう。難しい漢字には必ずルビを付けること。この場合は「祝子《ほうり》」です。

⑤⑥⑦はルビが問題です。それぞれ「亡き母」「三十歳」「朝霧」というべき所を、字余りを避けるために「亡母《はは》」「三十歳《さんじふ》」「朝霧《きり》」とルビで済ませています。これは安易な方法ですね。こういうずるいルビを〈ズルビ〉といいます（冗談ですけど）。この三首はそれぞれ「夢のなか亡き人ほかに現れず折り折りに見る亡き母の夢」、「生き方が分からないまま家ごもり日々を過ごして三十となる」、「撫子は淡紅《うすべに》のいろ月の夜を揺れゐしならむ明けて霧の中」と直せばいいのではないでしょうか。

⑧は漢字が多すぎます。平仮名に直して、「川べりのつゆくさ茎の伸びてきてむらさき色の花付けゐたり」ぐらいが適当です。平仮名が多いほうが、歌をゆっくり読むことができて、歌の韻律を味わえます。⑨これは平仮名が多すぎて意味が分かりにくい。「死にざまを見せざる象の死にぎわを月のあかるき夜におもいぬ」でいいでしょう。

⑩擬態語を片仮名で書くと漫画っぽく見えるので、初句は「ころころと」と直しましょう。⑪は、魚の名の表記が不統一です。平仮名で書くのがいいと思います。⑫作品名はカギカッコを付けて「踊り子」と表記します。

⑬「水口《みな》」は一つの言葉ですから、ルビも「水口《みなくち》」としたほうが綺麗ですね。⑭新字の「桜」と、旧字の「聲」が混じっています。一首の中に新字・旧字が混在するのは違和感があります。どちらかに統一しましょう。

【総説と秀歌】

奈良時代、漢字はありましたが、平仮名や片仮名はまだ存在しませんでした。だから万葉集は漢字だけで表記されています。こんな感じです。

①東野炎立所見而反見為者月西渡
②朝床尓聞者遥之射水河朝己藝思都追唱船人
③須受我祢乃波由馬宇馬夜能都追美井乃美都乎多麻倍奈伊毛我多太手欲

後世の数多くの学者たちが知恵をしぼってこれらを読み解き、平仮名をまじえて次のように表記しました。

④東《ひむがし》の野に炎《かひろひ》の立つ見えてかへり見すれば月傾《かたぶ》きぬ

⑤朝床《あさとこ》に聞けば遥けし射水川《いみづかは》朝漕《あさこ》ぎしつつ唱ふ舟人
⑥鈴が音《ね》の駅家《はゆまうまや》の堤井《つつみゐ》の水をたまへな妹《いも》が直手《ただて》よ

現代の刊本は、①②③の歌をだいたい④⑤⑥のように表記しています。漢字と平仮名をうまく使い分け、送り仮名を補い、読みにくい漢字にはルビを付ける——これが標準的な表記法です。

平安以降、歌は大部分が平仮名で表記されました。例えば藤原定家は自作をこう書いています。

⑦あちきなくつらきあらしの聲もうしなと夕暮にまちならひけん

濁点がなく、平仮名が多すぎて、私たちから見ると分かりにくいですね。現代の刊本では次のように表記を適宜改めて読みやすくするのが普通です。

⑧あぢきなくつらき嵐の聲も憂しなど夕暮に待ちならひけむ

時代がくだって明治以降は、表記法がほぼ確立し、歌は次のように分かりやすく表記されるようになりました。

⑨冬ごもる病の床のガラス戸の曇りぬぐへば足袋干せる見ゆ　　正岡子規
⑩有常《ありつね》が妻《つま》わかれせしくだりよみて涙せきあへず伊勢物語　　与謝野鉄幹

次に挙げた九首は、どれも表記法に特徴のある歌です。鷗外は外国語を原語のまま歌に入れています。晶子の歌はカギカッコを用いた古い例です。啄木は三行書きの推進者ですね。八一は、オール平仮名表記で単語ごとに一字アケ、という独特の表記をしました。茂吉の作は漢字羅列の歌です。迢空は句読点を活用した表記法。

坂井修一の歌はドイツ語表記で、発音と意味はたぶん、「フェルバイレ／ドッホ、ドゥ、ビスト／ゾー、アルト／ウニベルジテーツ／ビブリオテーク」（時よ止まれ。お前は非常に年老いている。大学の図書館よ）。穂村弘の歌は記号を取り入れたもの。笹井宏之の歌はオール平仮名です。會津八一を意識しての作かどうか、分かりません。

【表記法に特徴のある歌】

A　斑駒《ぶちごま》の骸《むくろ》をはたと抛ちぬ Olympos なる神のまとゐに　　森　鷗外『我百首』

B　小草《をぐさ》いひぬ『酔へる涙の色にさかむそれまで斯くて覚めざれな少女《をとめ》』　　与謝野晶子『みだれ髪』

C　いのちなき砂のかなしさよ
さらさらと
握れば指のあひだより落つ
石川啄木『一握の砂』

D　かすがの　に　おしてる　つき　の　ほがらかに　あき　の　ゆふべ　と　なり　に　ける　かも
會津八一『鹿鳴集』

E　電信隊浄水池女子大学刑務所射撃場塹壕赤羽の鉄橋隅田川品川湾
斎藤茂吉『たかはら』

F　水底《ミナソコ》に、うつそみの面わ　沈透《シヅ》き見ゆ。来む世も、我の　寂しくあらむ
釈　迢空『海やまのあひだ』

G　Verweile doch! Du bist so alt!（Universitä tsbibliothek）
坂井修一『群青層』

H　スパンコール、さわると実は★だった廻って●にみえてたんだね
穂村　弘『手紙魔まみ、夏の引越し（ウサギ連れ）』

I　あばら　ぼね　どろぼう　たち　の　あばら　から　でて　くる　ばら　ばら　の　あばら　ぼね
笹井宏之『てんとろり』

第六章
景と情の組み合わせ

次の十四首の中に、「景《けい》」と「情《じょう》」を組み合わせた歌が十首あります。その歌を選び出しなさい。さらに、それら十首の中から〈景・情がうまく融合した歌〉を五首選びなさい。

①山かげの藪に下がれる烏瓜色づく二個は秋を覗かす
②わが思ひ見えず届かず日々寂し揶揄するごとく窓を打つ雨
③なんとなく人の恋しき日暮れなり霧のごとくに言葉湧きくる
④電線に黙つてとまる鳩一羽われを見下ろし尾を動かしぬ
⑤恋すればこころ鋭し風呂の香も柚子の香もする夜の帰り道
⑥さむざむと不安をいだく夕まぐれ政治を憎み政治家を憎む
⑦寒の日を淀川あはく光りをり物言はぬまま友と別れし
⑧鍵盤のうへをわが指駆けゆけり悩める心ややほぐれゆく
⑨この村をわれは出るなく老いづきぬキュウリの花が朗らに咲くよ
⑩高層より見れば煌めく夜の都市わが終《つひ》の日をひそかに思ふ
⑪夕べ来て障子離れぬトンボあり本好きなりし亡き友のこと

⑫生き居れば癒しに会へり井戸水のあたたかくなる冬の親しさ
⑬つつましく生きるのが良し高価なる釣具が納屋に使はず眠る
⑭過ぎし日は還ることなし夕日さす庭に残れる亡き夫の下駄

【答と解説】

歌を詠む場合、意識的に「景《けい》」と「情《じょう》」を組み合わせて詠むことがあります。景というのは〈目に見えるもの、具体的なもの〉を言います。一方、情というのは〈見えないもの、思い、観念〉のことです。一例を挙げれば、

屠殺場の黑き凍雪《いてゆき》　死にあたひするなにものも地上にあらぬ　塚本邦雄

前半が景、後半が情ですね。塚本邦雄は、景と情を組み合わせて歌を作る名人でした。では右の十四首を検討してみましょう。①と④は一首全体が景です。情をあらわした部分はありません。また、③と⑥は景の部分が無く、情だけで出来ている歌です。これら①③④⑥を除いた十首は、景・情の組み合わせで歌が出来ています。ただしその十首は、良い歌と、そうでない歌が混じっています。大事なのは、景と情が程よい距離を保っているかどうか、ということです。別の言い方をすれば、景と情が「即《つ》き過ぎず、離

れ過ぎず」の状態にあるか、それが歌の良し悪しを大きく左右します。

距離といっても抽象的なものですが、とにかく景と情は「即《つ》かず、離れず」が良いのです。以下、私の頭の中にある個人的なモノサシで良し悪しを判定してみます。

②は、上句の内容が曖昧ながら、まあ負の感情を述べていることは確かです。下句もまた負のイメージですね。だから、やや即き過ぎの感じがします。⑤は、情（初二句）とそれ以下の景がうまく融合した良い歌です。⑦も上句の景と下句の情が「即かず、離れず」の程よい距離を保っています。

⑧は、上句と下句が即き過ぎです。⑨と⑩は内容的には大きく異なる歌ですが、どちらも景・情がうまく融合した歌です。

⑪は、上句「トンボ」と下句「本好きなりし亡き友」がうまくつながりませんね。これは景・情の離れ過ぎでしょう。⑫は、「癒し」と「井戸水のあたたかさ」がやや即き過ぎの感があります。

⑬も即き過ぎですね。⑭は初二句「過ぎし日は還ることなし」とそれ以下の内容が近いのですが、これぐらいは許容範囲だと思います。「夕日」「下駄」という具体的なものが描かれて、歌にリアリティを与えています。

正解 景・情がうまく融合した歌は⑤⑦⑨⑩⑭の五首でした。

【総説と秀歌】

今回は、景と情の組み合わせがテーマです。この〈組み合わせ〉ということについて、分かりやすく俳句の話から始めましょう（作品のルビは適宜高野が付けました）。現在はあまり使われなくなりましたが、俳句に「二句一章」及び「一句一章」という言葉があります。

芋の露連山《れんざん》影を正しうす　飯田蛇笏
蟋蟀《こほろぎ》が深き地中を覗き込む　山口誓子

蛇笏の句は「芋の露」と「連山影を正しうす」の二つの部分で出来ています。これを「二句一章」と言います。対して誓子の句は切れ目が無く、全体が一つのものです。これが「一句一章」です。

蛇笏の作品は、芋畑の彼方に連山が見える、という風景を詠んだものと思われます。格調の高い雄大な風景詠ですね。ところで、次の句はどうでしょう。

蟾蜍《ひきがへる》 長子家去る由もなし　　中村草田男

これも「蟾蜍」と「長子家去る由もなし」を組み合わせた「二句一章」の俳句です。ただし蛇笏の句が、二つの部分を並列しているのに対し、草田男の句は二つの部分を重ね合わせています。

つまり〈地方の土地に棲む蟾蜍の鈍重で醜悪なイメージ〉と〈家を去ることができない長男〉を重ね合わせることによって、一句全体から《故郷を捨て、都会に出て人生を切り開いて行きたいけれども、長男であるために家から脱出できず、苦悩している青年》というものが浮かび上がってきます。

短歌でいえば、景に当たるのが「蟾蜍」、そして情に当たるのが「長子家去る由もなし」です。このような〈景と情をうまく組み合わせる〉という方法を応用すると、例えば次のような歌が生まれます。

冬の斧たてかけてある壁にさし陽は強まれり家継ぐべしや　　寺山修司『空には本』

初句から四句「陽は強まれり」までが景で、最後の「家継ぐべしや」が情です。方法だけでなく、内容も草田男の俳句に似た作品となっています。寺山は〈応用の達人〉でした。
右の「即かず、離れず」という芸術概念は、江戸期の俳諧においてすでに確立していたと言っていいでしょう。

市中《いちなか》は物のにほひや夏の月　凡兆
あつしあつしと門々《かどかど》の声　芭蕉

芭蕉の付け句は、凡兆の発句を受ける要素と同時に、別の世界に転じようとする要素を含んでいます。この発句と付け句の関係はまさに「即かず、離れず」ですね。ただしこれは景・情でなく、景・景の組み合わせです。

【景・情の融合した秀歌】

A　ヒヤシンス薄紫に咲きにけりはじめて心顫ひそめし日　北原白秋『桐の花』

B　かきくらし雪ふりしきり降りしづみ我は真実を生きたかりけり　高安国世『Vorfrühling』

C　冬の皺よせゐる海よ今少し生きて己れの無惨を見むか

中城ふみ子『乳房喪失』

D　冬の苺匙に圧《お》しをり別離よりつづきて永きわが孤りの喪《も》

尾崎左永子『さるびあ街』

E　生きのびて恥ふやしゆく　日常は眼前のカツ丼のみだらさ美しさ

佐佐木幸綱『群黎』

F　終りより愛は生まるるとき寂し笙のようなる海鳴り聞こゆ

道浦母都子『花やすらい』

G　土地を買ふは罪かもしれぬ風吹けばエゾノギシギシ種子ふりこぼす

時田則雄『北方論』

H　あつたことなかつたやうでなかつたことあつたやうなり白萩が散る

木畑紀子『歌あかり』

I　古歌一首解きて華やぐゆふまぐれ豆腐を買ひに路地に入りゆく

内藤　明『海界の雲』

J　父であることなきままに過ぎし日々雪に埋もれし自転車がある

田中　濯『地球光』

第七章

口語を生かす

一般に短歌は、ａ「文語で詠まれた歌」、ｂ「口語で詠まれた歌」、ｃ「文語・口語の混じった歌」の三つに分けられます。次の十四首は、それぞれａ、ｂ、ｃのいずれに当たるでしょうか。（ａ＝計五首、ｂ＝計五首、ｃ＝計四首。）

①明洞《ミョンドン》でトッポギを食べ赤いタレを唇に付けて笑う亜紀と玲奈
②ぬれたこゑ、かをるくちびる、ひえたつめ　こんやはすべて君にあづけて
③「フィーンフィーン」隙間風かと思ったら宇多田を歌う我の父なり
④思ひ出とならんひと杓　をさならは誕生仏に甘茶まゐらす
⑤見つめられわれの肉体《からだ》は捕われぬ甘くくいこむ視線の鎖
⑥さようならサヨナラサヨナラサヨウナラ言うから消えて君とかぜんぶ
⑦キラウエアの溶岩《ラバ》のかけらの断面にマグマの火焔が虹のごと冷ゆ
⑧わが腸を見たことのなし原発の焼けただれたるはらわたの見ゆ
⑨星空がきれいと感じ始めたのは手に入らないと分かってからよ
⑩はくれんは万の灯龍かかげたり地震津波にて逝きし人らに
⑪青くさくなりし手で持つ鍋のなか若葉色した絹さや揺れる

⑫震災から五日目にもう帰国しぬホームステイのメキシコ少年
⑬明日の朝アメリカに逃亡しよう就寝まえのベタな妄想
⑭ワープロのプリンターよりつぎつぎと吐き出されくる森の切れはし

【答と解説】

今回は、文語と口語の問題です。いま普通に使われている言葉を「口語」と言うのに対して、江戸時代以前の言葉（とくに平安時代のころの言葉）を「文語」と言います。ごく大ざっぱな定義ですが、歌を詠む場合、大体そのように考えておけば大丈夫でしょう。

具体的に、「見上げる」という動詞を例にとって考えてみましょう。「見上げる」「見上げた」「見上げよう」などが口語です。一方、「見上ぐ」「見上ぐる」「見上げけり」「見上げむ」などが文語です。お分かりですね。

また、助詞の場合なら、「島から」「島で」が口語、それに対して「島より」「島にて」が文語です。

名詞の場合は、区別するのが難しい場合もあります。同じ意味を持つ「うで」「かいな」「ただむき」を例にとれば、「うで」が口語、「かいな」はどちらかと言えば文語、「ただむき」が文語、ということになるでしょう。「耳」のように、口語も文語も同じという例も無数にあります。
（文語・口語の問題と、仮名遣いの問題は、別の事柄ですから、混同しないように気を付けてください。例えば、「思うのだ」「思ふのだ」はどちらも口語、一方「思えり」「思へり」はどちらも文語です。）

さて右の十四首を見てゆきましょう。①は「明洞で」「赤い」の部分が口語です。文語でいえば「明洞にて」「赤き」となります。②は旧仮名表記の歌ですが、文語ではありません。「ぬれた」「ひえた」が口語です。③「思ったら」が口語で、「父なり」が文語ですから、cに当たります。

④「ならん」「まゐらす」が文語ですね。⑤「捕われぬ」の「ぬ」は、打ち消しでなく完了の助動詞ですから、文語の歌です。⑥は口語の歌。⑦は「冷ゆ」が文語です。「ごと」（如く、の約《つづ》まった語）も文語的ですね。⑧は「見た」が口語、一方「焼けただれたる」「見ゆ」が文語です。この歌は文語に統一したほうがいいと思います。

⑨は丸ごと口語、また⑩は丸ごと文語の歌です。⑪は「なりし」が文語、そして「手で」「若葉色した」「揺れる」が口語ですから、文語口語混じりの歌です。⑫も同じ。「震災から」が口語、「帰国しぬ」が文語です。⑬は口語の歌です。⑭は口語ふうに見えますが、「プリンターより」「吐き出されくる」がありますから文語の歌です。

正解　a（文語の歌）は④⑤⑦⑩⑭、b（口語の歌）は①②⑥⑨⑬、c（文語・口語の混じった歌）は③⑧⑪⑫です。

【総説と秀歌】

明治時代、小説のジャンルでいわゆる言文《げんぶん》一致運動が起こりました。これは「言《げん》」（話し言葉）と、「文《ぶん》」（文章の言葉）を一致させよう、という運動です。もっと具体的にいえば、文章を書く場合、難しい文語を用いず、平易な口語で書こうというのです。樋口一葉などは従来の文語体で小説を書きましたが、例えば二葉亭四迷は「だ調」で、尾崎紅葉は「である調」で書きました。

言文一致運動に刺激されて、短歌界でも口語で歌を表現しようという考えが実行されました。

①水見ればば流れも涼し声きけば蟬も涼しな木隠れの宿

②オヒシゲル木カゲノ宿ハ水ノミカ蟬ノナクノモヤハリ涼シイ

③やれ窓に氷れる月の影さして北ふく風に狐なくなり

④ギラギラトヤブレ障子ニ月サエテ風ハヒウヒウ狐キヤンキヤン

右はその一例です。①のような内容なら②のように表現すればいいし、また、③なら④のように表現すればいい、という主張です。なるほど内容的には余り変わらないかもしれませんが、しかし②や④が優れた歌かといえば、そんなことはありませんね。歌の形は口語であっても、通俗的な歌で終わっています。

本を買ひたし、本を買ひたしと、
あてつけのつもりではなけれど、
妻に言ひてみる。　石川啄木

この歌は、文語を使っていますが、質的には口語に接近しています。以後、「鈴に似る——と云つてもいまだ当らない　この少女らの笑ひあふこゑ」（西村陽吉）、「敗戦を俺は喜ぶ／この日から／圧制の鎖が断ち切られたのだ」（渡辺順三）など口語短歌の水脈が一つの流れを作りました。

その水脈はさらに、「するだろう　ぼくをすてたるものがたりマシュマロくちにほおばりながら」（村木道彦）、「男の子なるやさしさは紛れなくかしてごらんぼくが殺してあげる」（平井弘）などの歌を生みながら、俵万智に到って大きな成果を上げました。

なお、右の村木・平井の作品は基本的に口語短歌でありながら、よく見ると文語が混入しています。冒頭で使った記号でいえば、次に挙げた十首の歌も、b「口語だけの歌」と、c「口語・文語の混交した歌」の二種類があります。現代の短歌は、ほかにa「文語だけの歌」も依然として健在です。いうならば、平成の短歌は《aとbとcのせめぎ合い》といってもいい様相を呈しています。なお、口語の中には方言もあります。Iの歌はその一例です。

【口語を生かした秀歌】

A　あたたかい日ざしを浴びて見てをれば何んといふ重い春の植物
　　　　前川佐美雄『植物祭』

B　白い手紙がとどいて明日は春となるうすいがらすも磨いて待たう
　　　　斎藤　史『魚歌』

C　ほら聞けよぶんぶん山から風がきて裏の蕪がただ太るぞえ
　　　　坪野哲久『胡蝶夢』

D　生れは甲州鶯宿《おうしゆく》峠《とうげ》に立っているなんじゃもんじゃの股からですよ
　　　　山崎方代『右左口』

E　たとへば君　ガサッと落葉すくふやうに私をさらつて行つてはくれぬか
河野裕子『森のやうに獣のやうに』

F　中国に兵なりし日の五ケ年をしみじみと思ふ戦争は悪だ
宮　柊二『純黄』

G　四国路の旅の終りの松山の夜の「梅錦」ひやでください　俵　万智『かぜのてのひら』

H　あめんぼの足つんつんと蹴る光ふるさと捨てたかちちはは捨てたか
川野里子『五月の王』

I　ドンガスカと太鼓とどろき、んじやんじやと御玉杓子《ぎやろも》群れゐきまひるまの春
狩野一男『栗原』

J　鏡なす「みなかみさん」が真麻薦《まをこも》の「フッキー」となるこいつ酔つてる
水上芙季『静かの海』

第八章

恋の歌いろいろ

「恋の歌」は若い人が詠むのが普通ですが、中年以降の恋の歌もあり、また夫婦間の愛情を詠んだものも恋の歌といえるでしょう。次の十四首の中から優れた恋の歌を七首選びなさい。

①片恋の君へのメール書き直し書き直しする雪の降る夜

②ロングよりショートヘアが好きという君のため今日カットする髪

③わらび採り見失う夫をことさらに声あげて呼ぶ新緑のなか

④何げなく彼女が言った「好きなの」にこんなに心かき乱されて

⑤帰省する子等も無ければ農を休み恋女房と湯治に出づる

⑥小春日に夜具ふっくらとふくらめよ外泊で帰る病妻のため

⑦大好きな君とディズニーシーにいて私の心のなかはバラ色

⑧老い夫婦茶の間にありて喧嘩すれどそのあと笑顔で仲良く昼餉

⑨恋人の心のいたみを癒せないこの距離感に途方にくれる

⑩部屋に残るジッポオイルのいい匂い君がいたこと思い出させる

⑪もう少し本当は一緒にいたいけど君は気づかず「またあした」って

⑫たまご焼、ちくわ、おにぎり持ちてくる妻思いつつ耕す畑
⑬転院し手術終えたるわが夫がありがとうと言い手を握りしむ
⑭オーボエの音色のごとくわが髪にやさしく触れる君の指先

【答と解説】

恋の歌は、ひとくちで言えば異性に対する愛情を述べた歌です。相手は、親しい人から余りよく知らない人まで、いろいろあります。夫婦間でも、恋の歌は成り立ちます。時には、不倫の恋を詠んだ歌もあるでしょう。

自然詠でも社会詠でも家庭詠でも、いい歌とそうでない歌があるように、恋の歌にも優劣があります。右の十四首について、一つ一つ優劣を考えてみましょう。

①は、自分の思いを相手に分かって欲しくて、何度もメールの文章を書き直しているのです。まだ片恋（片思い）の段階ですから、作者は必死でしょう。可憐な心が出ていて、いい歌ですね。②は、相手のことが好きだから、自分を相手の好みに合わせる、という歌です。これは、よくある恋の歌のパターン（類型）なので、あまり感心しません。③仲のいい夫婦の、ある日の行動を詠んでいます。いい歌ですね。④恋する状態になると、こんなふうに心が乱れます。でもこの歌、具体的な部分が無いのが弱いと思います。

⑤は、農業に従事している中高年の夫婦のことを詠んでいます。子供たちが帰省しない寂しさを紛らわすために湯治に出かけるのですが、恋女房と一緒に、とズバリ言っているのが率直でいいですね。⑥は、入院中の妻が仮に帰宅するのを優しく迎えようとする気持ちがよく出ています。この⑤も⑥も、夫婦の歌ながら見事な恋の歌です。

⑦楽しそうな歌ですが、「心のなかはバラ色」はあまりにも平凡です。⑧喧嘩して仲直りして一緒に昼ごはん、という歌ですが、調子が良過ぎて現実感が薄いですね。

⑨気持ちは分かりますが、具体性がゼロですから、読者の心には何も残りません。⑩先ほどまで、タバコの好きな彼がいたのでしょう。ジッポのライターが残したオイルのいい匂いが、彼への恋情をまた掻き立てます。いい歌ですね。⑪は素朴すぎて内容が稀薄です。作者がいまどこにいるのか、何の描写もなく、物足りない歌です。

⑫畑仕事に精を出しつつ、昼の弁当のことを思い浮かべています。弁当もさることながら妻が来てくれることが幸せなのでしょう。夫婦間の純朴な恋の歌です。⑬悪くない歌ですが、やや平凡ですね。⑭髪を優しく撫でられている感じ（触覚）を、オーボエの音色（聴覚）に喩《たと》えているのが新鮮です。

正解　恋の歌として優れているのは、①③⑤⑥⑩⑫⑭の七首でした。

【総説と秀歌】

古事記の初めのほうに、天の柱の周りを伊邪那岐命《いざなきのみこと》が左から回り、伊邪那美命《いざなみのみこと》が右から回って出会い、それぞれ「あなにやし、えをとこを」（ああ、いい男だなあ）、「あなにやし、えをとめを」（ああ、いい女だなあ）と言葉を発し合う有名な場面があります。詩歌以前の素朴な言葉の断片に過ぎませんが、これが恋の歌の原型ともいえるでしょう。

八雲立つ　出雲八重垣　妻籠めに　八重垣つくる　その八重垣を　須佐之男命《すさのをのみこと》

日本最古の歌です。八重垣は、幾重にも垣を廻らした邸宅、の意です。妻と一緒に住むために立派な家を造った、という歌ですが、「妻籠めに」というところに愛情の発露があり、恋の歌とも読めます。

万葉集の時代になって、相聞歌という言葉が生まれました。相聞とは消息を通じ合うことで、とくに贈答する歌を相聞歌と言います。そして相聞歌の大半が恋の歌です。

あかねさす紫野ゆき標野《しめの》ゆき野守は見ずや君が袖振る　額田王
むらさきの匂へる妹《いも》を憎くあらば人妻ゆゑにわれ恋ひめやも　大海人皇子
あしひきの山の雫に妹《いも》待つとわれ立ち濡れぬ山の雫に　大津皇子
吾《あ》を待つと君が濡れけむあしひきの山の雫にならましものを　石川郎女
笹の葉はみ山もさやにさやげども我は妹思ふ別れ来ぬれば　柿本人麻呂

額田王と大海人皇子の贈答歌、大津皇子と石川郎女の贈答歌が相聞歌で、一方、人麻呂の歌は独詠です。これら五首、どれも優れた恋の歌です。古今集以降は、相聞歌という呼び名が廃れ、恋の歌という呼び名が定着します。

月やあらぬ春や昔の春ならぬわが身ひとつはもとの身にして　在原業平
もの思へば沢の螢もわが身よりあくがれ出づる魂《たま》かとぞ見る　和泉式部
思ひあまりそなたの空を眺むれば霞を分けて春雨ぞふる　藤原俊成

近代に入って与謝野晶子が登場し、恋の歌は革命的な変貌を遂げます。

みだれごこちまどひごこちぞ頻《しき》りなる百合ふむ神に乳《ち》おほひあへず　与謝野晶子

これまで詠まれることのなかった性的な事柄を、晶子は堂々と歌に取り込みました。しかし中年以降の晶子は、次のAのような落ち着いた、人生の味わいを湛えた恋の歌を詠むようになりました。

【優れた恋の歌】

A　張交《はりま》ぜの障子《しやうじ》のもとに帳《ちやう》つけしするがやの子に思はれし人　与謝野晶子『春泥集』

B　ああ接吻《くちづけ》海そのままに日は行かず鳥翔《ま》ひながら死《う》せ果てよいま　若山牧水『海の声』

C　どくだみの花のにほひを思ふとき青みて迫る君がまなざし　北原白秋『桐の花』

D　橋の上に夜ふかき月に照らされて二人居りしかば事あらはれき　川田　順『東帰』

E　夏川に木皿しずめて洗いいし少女はすでにわが内に棲む　寺山修司『空には本』

F　観覧車回れよ回れ想ひ出は君には一日《ひとひ》我には一生《ひとよ》　栗木京子『水惑星』

G　愛することが追いつめることになってゆくバスルームから星が見えるよ　俵　万智『チョコレート革命』

H　天気図のように二人は抱き合いて互いの身体のさざめきを聴く　松村正直『駅へ』

I　いつの日か思い出せなくなるだろう　きみのてのひら　甘い秋の陽

小島なお『乱反射』

J　片方のイヤホンで聴くコブクロの「蕾」と君の心臓の音

早坂麻由（短大生）

第九章

文語を生かす

今回は文語・口語を使いこなす練習をしましょう。文語で詠まれた歌（①〜⑦）を口語に変え、また口語で詠まれた歌（⑧〜⑭）を文語に変えなさい。

①犀川に何百という炎揺れとうろう静かに静かに流る

②光琳の燕子花図《かきつばたず》を見たる日の帰り道いつか雨が降りおり

③休日はマンション工事の音なくてひよどりひとつ鳴ける静けさ

④ふたたびを会うことなけれど金木犀風に匂えば君の恋しき

⑤山芋をおろす母の手ゆっくりと動きて旨し朝の麦飯

⑥西風が牛の匂いを運びきてもろこし畑星ゆたかなり

⑦自衛隊駐屯地より蠅のごと飛行機発ちぬかげろうの中

（以上、文語）

⑧母からの小包解くと幼い日わたしの読んだ本が混じってる

⑨青々と揺れる樹木の坂越えて浜の波音かすかに聞こえる

⑩前髪をかきあげふわっとする表情誕生日にはスイートピーを贈ろう

⑪雨に打たれレインコート着たパグがいた抱きかかえると鼻息がした

⑫世界中のカップル達は消えちまえうだる暑さの七月日暮れ
⑬日ざし浴び肩にあつまる光の矢知ってか知らずか友は美しい
⑭信号を待っているとき街並みの上に昼の月しろく浮いてる
（以上、口語）

【答と解説】

散文の場合、文語を口語に変えたり、口語を文語に変えたりするのは、わりに簡単なことでしょうが、短歌の場合は、音数を合わせる必要があるので、意外に難しいことがあります。

今回は、歌を良くするためでなく、単なる練習として《文語→口語》あるいは《口語→文語》の変換をしてみましょう。（正解は一つとは限りません。）

①は「流る」が文語です。これを「流れる」とすれば口語になります。「犀川に何百という炎揺れとうろう静かに静かに流れる」となりますね。字余りですから、歌は少し悪くなります。

②は「見たる日の」と「降りおり」が文語です。これを口語に直すのは難しい。「降りおり」は「降ってる」とすればいいでしょうが、「見たる日の」はどうするか。音数を整えるために「光琳の燕子花図《かきつばたず》を見たあとの帰り道いつか雨が降ってる」と変えるのが一つ

の方法でしょう。

以下、次のように変えるのが普通でしょう。③は「休日はマンション工事の音なくてひよどりひとつ鳴いてる静けさ」、④は「ふたたびを会うことはなく金木犀風に匂えば君が恋しい」、⑤は「山芋をおろす母の手ゆっくりと動いて旨い朝の麦飯」、⑥は「西風が牛の匂いを運んできてもろこし畑星がゆたかだ」、⑦は「自衛隊駐屯地から蠅のように飛行機が発つかげろうの中」。むろん他の直し方もあります。それにしても、文語で詠まれた歌を口語に直すと、何だか締まりのない歌になりますね。
⑧から⑭は《口語→文語》という変換をしてみます。
まず⑧は「母からの」「解くと」「幼い日」「わたしの読んだ」「混じってる」の部分が口語です。これらを文語に変えると、「母よりの小包解けば幼き日われの読みたる本混じりおり」となるでしょうね。
⑨は簡単で「青々と揺るる樹木の坂越えて浜の波音かすかに聞こゆ」です。⑩は「前髪をかきあげふわっとする表情誕生日にはスイートピー贈らむ」、⑪は「雨に打たれレインコート着たるパグがいて抱きかかえれば鼻息がする」となるでしょう。⑫は「世界中のカップル達は消えうせようだる暑さの七月日暮れ」、⑬は「日ざし浴び肩にあつまる光の矢知るや知らずや友は美し」、⑭は「信号を待ちているとき街並みの上に昼の月しろく浮か

びぬ」。

口語を文語に直すと、歌が良くなることがあります。右のうち、⑩と⑫は口語のままのほうが良いと思いますが、他の歌は文語にしたほうが、歌が引き締まって良くなる、と感じます。また、文語のほうが音数調節（定型にするため）に便利なことが分かります。

【総説と秀歌】

聖書の文語訳と口語訳を比べてみましょう。旧約聖書の冒頭部です。

《文語訳》原始《はじめ》に神天地《てんち》を創造《つくり》たまへり。地は定形《かたち》なく曠空《むなし》くして黒暗淵《やみわだ》の面《おもて》にあり。神の霊、水の面を覆ひたりき。神光《ひかり》あれと言ひたまひければ光ありき。

《口語訳》初めに神は天地を創造された。地は混沌であって、闇が深淵の面《おもて》にあり、神の霊が水の面を動いていた。神は言われた。「光あれ。」こうして光があった。

文語訳は格調が高く、おごそかな雰囲気を持っています。一方、口語訳は平明で分かりやすく、親しみやすいですね。でも文語に比べると、やや間延びした感じがあります。

口語訳をもっと過激にして、中丸明という人はこれを名古屋弁に訳しました。例えば、エデンの園で蛇がイブに林檎を食べよ、と誘惑する場面は次のようになっています。

《名古屋弁訳》「食べたからって死にっこねゃあがね。それどころか、それを食べればおみゃあたちの目があいて、善悪をわきまえ、神たまんのようになることを、神たまんはちゃーんと知っとらすだがね。さあさ、たんと食べるがえーだ」

こうなると聖書がにわかに村芝居めいてきて、まことに面白い。だが今回はそこに深入りできないので、興味がある方は中丸明著『絵画で読む聖書』をごらんあれ。

聖書は口語訳でなく、やはり文語訳で読んだほうがいいと主張する人がいます。なるほど文語のほうが格調が高く、神聖な言葉としてふさわしいような気がします。「光あれ」は文語的な言葉ですから、この部分を律儀に口語訳すれば、「光よ、生れなさい」あるいは「光よ、現われなさい」となるでしょうが、口語訳の聖書でも「光あれ」のままにしています。そのほうが、引き締まった文章になるからでしょう。

しかしながら文語訳の聖書を通読しようとすると、途中でしんどくなります。重い文語がえんえんと続くことに耐えられなくなるのです。だから通読には口語訳、拾い読みには文語訳、というのが実用的ではないでしょうか。

短歌は幸いなことに、短詩型です。一首一首が文語で作られていても、それぞれ短く完結していますから、一息入れながら読めます。歌集を通読するのもさほど辛くないと思います。

次の十首には、文語短歌の良さがあふれています。格調の高さ、ゆったりとした調べの魅力、どっしりとした重さ、内容の深さ、引き締まった文体の良さ、などが味わえると思います。最後の横山作品は、文語による繊細・精密な歌です。

【優れた文語の歌】

A　白玉《しらたま》の歯にしみとほる秋の夜の酒はしづかに飲むべかりけり　若山牧水『路上』

B　最上川逆白波《さかしらなみ》のたつまでにふぶくゆふべとなりにけるかも　斎藤茂吉『白き山』

C　かなしみは明るさゆゑにきたりけり一本の樹の翳らひにけり　前登志夫『子午線の繭』

D　鳥脳《とりなずき》裂く一丁に砥ぎいだす夏空ぞしんかんたるしじま　馬場あき子『飛花抄』

E　天体は新墓《にひはか》のごと輝くを星とし言へり月とし言へり　葛原妙子『鷹の井戸』

F　ちる花はかずかぎりなしことごとく光をひきて谷にゆくかも　上田三四二『湧井』

G　徳利《とつくり》の向こうは夜霧、大いなる闇よしとして秋の酒酌む　佐佐木幸綱『火を運ぶ』

H　炎天に白薔薇《はくさうび》断つのちふかきしづけさありて刃傷《やいばいた》めり　水原紫苑『びあんか』

I　烈震に揺さぶられたる原子炉の奥に冥王《プルトー》目覚めざりしか　田宮朋子『雪月の家』

J　蜜吸ひては花のうへにて踏み替ふる蝶の脚ほそしわがまなかひに　横山未来子『花の線画』

第十章

ユーモアと笑い

左のａはユーモアの歌で、ｂは笑いの歌です。「おかしみがあって、品格のある歌」がユーモアの歌です。一方、「笑わせようとして作られた面白い歌で、やや上っ調子《うわっちょうし》」なのが笑いの歌です。さて①〜⑪の歌は、〈ユーモア〉〈笑い〉のどちらに当たるでしょう？

ａ　「昼寝中だったのでしょう」という電話図星なれども違うと答う

ｂ　父の日に金をせびりに子の来たり地震、雷、火事、息子なり

＊

①酔えばわれオプチミストに変りゆき老妻いよよ見目うるわしき

②大雪に閉じ込められし三日間お蔭で財布の紐はゆるまず

③電話にて言ひ争ひし後なればメールを送り打合せする

④定年後上司はいないはずなのに気づけば孫の部下になりおり

⑤おばさんはおばさんなれどおばさんにおばさんなどといわれたくなし

⑥歌のやうなものを作りて費やしし時おびただし八十路《やそぢ》近づく

⑦外泊も外出もなく三ケ月臥せばあたまが変になりたり

⑧〈夏草や芭蕉飛び込む最上川〉暑中見舞いはこの句に決めた
⑨われは仕事、子は小学校、幼稚園　三人同時に妻を呼ぶ朝
⑩ガガーガガー男子禁制のわが部屋で夜な夜な聞こえる妹のいびき
⑪八月の終りに一度秋が来てわたしの庭を下見してゆく

【答と解説】

ユーモアの歌と笑いの歌は、似ています。しかし、似ていても全く同じものではありません。「笑わせるために詠んだものではないが、おのずから笑いを誘う歌で、品格を保っているもの」これがユーモアの歌です。一方「笑いを目的として詠まれた面白い歌。品格のことはあまり気にしない」これが笑いの歌です。

上《うわ》っ調子《ちょうし》（調子に乗りすぎた、やや軽薄な口調）で詠まれることが多いのが、笑いの歌です。実例を挙げると、「おらが村祭り囃子の笛太鼓人影見えず録音テープ」「コンビニの百円チョコには悪いけど時に浮気しゴディバチョコ買う」「打ち込んだ歌の記録がぶっ壊れフロッピー一枚踏む蹴る投げる」などがそうですね。でも、たとえば一首目は「おらが村」を「わが村は」と変えただけで上っ調子な印象は消えますし、二首目も「時に浮気し」の部分を少し落ち着いた表現に変えたら、ユーモアの歌になるはずです。

さて右の①〜⑪の歌を検討してみましょう。

①は「老妻いよよ見目うるわしき」が上っ調子で、笑いの歌になっています。②の歌も、下句「お蔭で財布の紐はゆるまず」が①と同じ調子ですね。③は普通に詠まれ、最後の「メールを送り打合せする」の所に苦笑まじりのユーモアが漂っています。

④は退職後、孫の遊び相手になり、孫の言い成りになっているという面白い歌ですが、「孫の部下」という表現で笑いの歌になっています。⑤は見事な笑いの歌です。同語の繰り返しは笑いの歌の有効手段で、狂歌に「瓜売りが瓜売りに来て瓜売れず売り売り帰る瓜売りの声」という有名な作がありますね。

⑥は「歌を作りて」でなく「歌のやうなものを作りて」と言っている所にユーモアがあり、謙遜があり、ほのかなペーソスがあります。⑦は病床詠です。人を笑わせるためではなく、自分の現状を人に訴えたいという気持ちで詠まれた歌です。これもほろ苦いユーモアの歌でしょう。⑧はあきらかに笑いの歌です。⑨は、「三人同時に妻を呼ぶ」の所にユーモアがあります。⑩は笑いの歌。作者は若い女性です。⑪は「下見」という言葉に洒落たユーモアを感じます。

正解　ユーモアの歌は③⑥⑦⑨⑪、また笑いの歌は①②④⑤⑧⑩です。

【総説と秀歌】

人は作品を読んで笑いを誘発されることがありますが、クスクスと笑ったり、アハハハと笑ったり、笑い方は作品によって異なります。微笑、哄笑、爆笑、苦笑、失笑、憫笑、嘲笑、冷笑など、さまざまな笑い方があります。万葉集にも笑いを誘う歌があります。

むささびは木末《こぬれ》求むとあしひきの山の猟夫《さつを》に遇ひにけるかも　　志貴皇子（二六七番）

むささびは梢から梢に飛び移っているうちに、うっかり山の猟師に出くわしてしまったことよ、の意。おそらく、捕獲されたむささびを見て詠んだのでしょう。微笑を誘うような温か味のある歌ですね。

来むといふも来ぬ時あるを来じといふを来むとは待たじ来じといふものを　　坂上郎女（五二七番）

一首は「来るよと言っても来ない時があるのに、来ないよと言っているあなたを、来るだろうと思って待ったりはしません。だって、来ないと言っているのだから」の意。相手をなじりつつ、「来る」という動詞を操り返し使って笑いを作り出している歌です。

仏造る真朱《まそほ》足らずは水溜まる池田の朝臣《あそ》が鼻の上を掘れ　　大神朝臣（三八四一番）

これは、鼻の赤い池田朝臣をからかっている歌です。思わず大笑いさせられるような歌です。

笑いの研究家・織田正吉は『笑いとユーモア』（ちくま文庫）の中で、笑いを三つの種類に分けています。

人を刺す笑い――ウイット
人を楽しませる笑い――コミック
人を救う笑い――ユーモア

ウイットは機知と訳されるのが普通ですが、むしろ諧謔といった方がいいと思います。
ユーモアは、人を和ませる笑いと考えればいいでしょう。ここで、あえて織田流の分類法を用いるとすれば、志貴皇子の歌はユーモア、坂上郎女の歌はコミック、大神朝臣の歌はウイットに当たる（と言うか、その要素が濃い）と思います。

笑いを徹底的に追求したのが「歌詠みは下手こそよけれあめつちの動き出してはたまるものかは」「世の中は清むと濁るで大違ひハケに毛がありハゲに毛が無し」など狂歌と呼ばれる作品です。狂歌は品格など気にしません。

しかし短歌は、狂歌と異なる分野です。ただ面白ければいい、というものではありません。笑いを追求するにしても、どこかで品格というブレーキをかける必要があると思います。次の十首は優れたユーモアの歌です。といっても、純粋なユーモアとは限りません。ウイットやコミックが混じっている場合もあります。

【優れたユーモアの歌】

A　朝々に霜にうたるる水芥子《みづがらし》となりの兎と土屋とが食ふ

土屋文明『山下水』

B　セザンヌをトイレに飾るセザンヌはトイレに画きしものならなくに

岩田　正『郷心譜』

C　減量を五キロと決める、だがしかし五キロを被ふ皮膚はどうなる

青木昭子『さくらむすび』

D　月光の訛《なま》りて降るとわれいへど誰も誰も信じてくれぬ

伊藤一彦『青の風土記』

E　老いほけなば色情狂になりてやらむもはや素直に生きてやらむ

黒木三千代『貴妃の脂』

F　結婚は長丁場ゆえいたずらに愛の有無など問うたりはせぬ

久々湊盈子『家族』

G　子を連れてウルトラマンショー見に来ればウルトラマンは疲れてゐたり

鈴木竹志『流覧』

H　原子炉を背負いて登校する子らを迎うる教諭も原子炉背負う

渡辺松男『自転車の籠の豚』

I　せっせっせれんげ畑を蜜蜂が組織の一部として飛んでいる

藤島秀憲『二丁目通信』

J　お化粧を二段階ほど薄くして過疎化の進む故郷へ帰る

梅河永依（短大生）

第十一章

すぐれた比喩

次の十四首には全て比喩表現が用いられています。これらの中から優れた比喩（七首）と、平凡な比喩（七首）を探し出してください。

①一ひらの雲なき明けの西のそら白き満月鏡のごとし
②炎天下の渋谷はまるで砂漠のようオアシス求めカフェへと急ぐ
③たちこめる濃霧で視界ゼロのなか黄泉《よみ》をゆくごと山の峰ゆく
④見たかりしヒトツバタゴの花を見つ新雪のごと樹冠おほふを
⑤朝八時セールのような人の数呼吸《いき》もできない小田急車内
⑥巻きしめて一樹を領す山藤の奔流のごとき房のむらさき
⑦容赦ない地獄のやうなこの現《うつつ》、家が車が人が呑まるる
⑧一本の矢の飛ぶごとく鵜の列が東京湾を低く渡れり
⑨ヨカナーンの首いだきたるサロメのごと今宵あなたがほしくてならぬ
⑩黙契のごと曼珠沙華咲き出でて幽明の界しばしつながる
⑪着ぶくれてだるまの如き孫を抱きかかへる腕の長さが足りず

⑫巻頭に「愛」の語を置くブリタニカ廃帝のごと書架に鎮座す
⑬ドライアイスいくつもかかへ亡骸は石のごとくに冷えきりて臥す
⑭人工の物みな無力　巨大なる獣のごとく津波襲へば

【答と解説】

例えば、赤ちゃんの小さな可愛い手を「もみじのような手」と言ったり、女性の白い肌を「雪のように白い肌」と言ったりしますね。このように、或るものを別のものに喩《たと》える表現法を比喩といいます。

比喩は、言いたいことを、より印象鮮やかに表現するために用いられます。しかし、繰り返し用いられた比喩は効力を失い、ただ手垢のついた決まり文句となってしまいます。右の「もみじのような」「雪のように」などもすでに決まり文句です。文学作品では（特に詩歌では）、決まり文句となった比喩は使わないように気を付けなければなりません。新鮮な、オリジナリティ（独創性）のある比喩が求められます。そういう観点から右の十四首の比喩を吟味してみましょう。

①満月を「鏡のごとし」と言うのは、大昔から使い古された決まり文句です。②これも「砂漠のよう」が決まり文句ですね。現実の描写がない、弱い歌です。

③濃霧のため周囲が見えないまま山を歩いてゆくのを「黄泉《よみ》をゆくごと」と言ったのは、新鮮な比喩です。「ごと」は「如」で、「如く」の意。④ヒトツバタゴ（なんじゃもんじゃの木）の樹冠に咲く花を「新雪のごと」と言ったのは、これも新鮮な見方です。⑤ラッシュの車内の混み具合を「セールのような」と言うのは平凡。⑥紫の花房が垂れ下がる様子を「奔流のごとき」と言ったのはやや大げさですが、しかし他の樹を巻き締めている山藤の生命力を感じさせる点で優れています。

⑦津波（あるいは洪水）の凄まじさを言うのに「地獄のやうな」では余りにも在り来たりです。⑧鵜の列が湾上を渡ってゆくさまをえがいていますが、「矢の飛ぶごとく」は決まり文句であり、実態から離れていると思います。⑨男を恋する女性の激しい情念が、「ヨカナーンの首いだきたるサロメのごと」でよく表現されています。

⑩この歌の「黙契のごと」は、知的で深みのある素晴らしい比喩です。⑪「だるまの如き」は分かりやすい比喩ですが、俗っぽいですね。⑫「廃帝のごと」は斬新な比喩です。⑬「石のごとくに」は常套的な比喩ながら、ここでは歌に強いリアリティを与える働きをしています。⑭「巨大なる獣」は津波の比喩としては平凡すぎます。

正解　優れた比喩は③④⑥⑨⑩⑫⑬、また平凡な比喩は①②⑤⑦⑧⑪⑭です。

【総説と秀歌】

一口に比喩といってもいろいろな種類があります。おもなものは次の通りです。（拙著『うたの回廊』参照）

〈直喩〉これは「ような」「如し」「似る」などの語を用いる比喩です。例「雪のように白い肌」「水を打ったような静けさ」「果物に似た味」など。明喩ともいいます。

〈隠喩〉「ような」「如し」などの語を介さず直接二つの事物をつなぎ合わせる比喩。例「雪の肌」「時は金なり」「頭に霜をいただく」など。暗喩ともいいます。

〈換喩〉部分で全体で暗示する比喩。「鳥居」で神社をあらわし、「金バッジ」で国会議員をあらわす、など。

〈提喩〉これは、いわば換喩の固有名詞版ですね。たとえば「小町」で美人をあらわし、「福沢諭吉」で一万円札をあらわすのがこれです。

〈諷喩〉これは、或ることを言うために全く別の表現を用いる方法です。例「朱にまじわれば赤くなる」「棚からボタモチ」など。

これらの比喩は、日ごろ世間一般で使われています。ただし、詩歌では主として直喩・隠喩だけが使われ、他はあまり見かけません。

直喩はもっともよく使われる比喩です。練習問題に挙げた十四首は全て直喩です。世界的に有名な直喩は、ロートレアモンの長編詩「マルドロールの歌」にある、十六歳の少年の美しさを讃えた比喩です。これは「猛禽類の爪」や「鼠捕り機」などが出てくる非常に長い複雑な比喩なので大半を省略しますが、最後は「解剖台の上でのミシンとこうもり傘の偶然の出会いのように美しい！」です。この奇想天外な比喩が、やがてシュルレアリスムを生み出す導火線となったことは周知の事実ですね。

ところで、直喩と隠喩の中間的な比喩があります。

はつあきのゆふぐれに見き新幹線すきとほる管《くだ》となりて過ぐるを

小池　光『日々の思い出』

永き日のひすがら照りし安房《あは》の海に石の白さの月のぼりたり

高野公彦『淡青』

この「管となりて」「石の白さの」は、それぞれ「管のごとく」「石のごと白き」とほぼ同じ意味です。だから直喩に近い表現です。でも「ごとし」を使っていないので直喩とはいえない。だからといって「管となりて」「石の白さの」は隠喩でもありません。このような比喩表現は、ちょうど直喩（明喩）と隠喩（暗喩）のあいだに位置する比喩なので、私は仮に薄明喩《はくめいゆ》と名づけています。

次の十首のうち、佐藤佐太郎の「掌ほどの」も薄明喩です。このように薄明喩は案外多く使われているようです。なお、鷲尾作品「百の白兎」、大口作品「母語の梢」は暗喩です。

【優れた比喩の歌】

A　白百合の花びら蒼み昏れゆけば拾ひ残しし骨ある如し　五島美代子『風』

B　冬曇ひくくわたれる沖の海に掌《てのひら》ほどのたたふる光　佐藤佐太郎『しろたへ』

C　泡碧《あを》くかたまれる如《ごと》兄弟らあひ寄れる如あぢさゐ蕾む　宮　柊二『多く夜の歌』

D　夕闇にまぎれて村に近づけば盗賊のごとくわれは華やぐ　前　登志夫『子午線の繭』

E　しばしばもわが目愉しむ白昼の天の瑕瑾《かきん》のごとき半月　安永蕗子『くれなゐぞよし』

F　銭貯めし美人が山を降りてくるさきぶれのごと春の雪舞ふ　木俣　叡『余宗の太鼓』

G　ホースより百の白兎を放ちたり真っ盛りなる百日紅まで　鷲尾三枝子『まっすぐな雨』

Ｈ　凍る夜の闇よりも濃き影なして思想のごとく冬木は立てり　　渡辺幸一『霧降る国』

Ｉ　名を呼ばれ「はい」と答ふる学生のそれぞれの母語の梢が匂ふ　　大口玲子『海量』

Ｊ　ねばねばの蜜蜂のごといもうとはこいびとの車から降りてくる　　江戸　雪『百合オイル』

第十二章

新鮮なオノマトペ

次の十四首には全てオノマトペ（擬声語、擬音語、擬態語）が使われています。これらの中から、新鮮なオノマトペを用いた歌六首を探し出してください。

①途中からはたりはたりと雨来れば家に戻って体操済ます
②ひさびさに降りし夕立からからに乾いた空気を潤《うるお》して去る
③上流の浅き川底くいくいと顎を突き出し鮭のぼりゆく
④障子張り下から順に和紙を張って仕上げはこれよ霧吹きシュッシュ
⑤しとしとと冷たい雨の降る夜は本を読みつつ寂しさつのる
⑥秋風の吹く早朝にげぶじゅんと散歩嫌いのモモがくしゃみす
⑦かたつむりあじさいの葉をのそのそと歩きいるなり梅雨のふる中
⑧うとうとと番組見つつ目覚めれば画面ざらざら砂あらしの音
⑨ずぶずぶと街を呑み込み荒れ狂う津波の映像われは息のむ
⑩蟬の声しゅわ、しゅわ、しゅわと声高に鳴けば急ぎて朝の草刈る
⑪詰め将棋コンピューターに負けまいと心臓どきどき血圧あがる

⑫鬼怒川の川舟迅《はや》し船頭は風に向かいてすっくと立てり
⑬峡谷を抜けて出でこし川の面《も》をころこをろと渦紋《くわもん》流るる
⑭菜の花の早やも咲きたるわが島に今朝つんつんと粉雪の舞う

【答と解説】

例えば犬が吠える声を、日本人はよく「わんわん」という言葉であらわします。これを擬声語といいます。また、落葉が風に吹かれる音を「かさこそ」という言葉であらわします。これを擬音語といいます。さらに、人が不安定に歩いている態《さま》を「ふらふら」という言葉であらわします。これを擬態語といいます。「わんわん」「かさこそ」「ふらふら」は、それぞれ「わんわんと」「かさこそと」「ふらふらと」というふうにも使います。

擬声語、擬音語、擬態語、この三つを総称してオノマトペと言います（フランス語）。簡単に言えばオノマトペとは、〈あるモノの様子を音《おん》であらわした言葉〉です。

さて、日本語の中にオノマトペは無数に存在します。例えば、人が笑う様子をあらわす場合、「にこにこ、にやにや、にっこり、にんまり、にたり」など、いろいろな言い方があります。

オノマトペの大部分は、〈決まり文句〉です。「にゃあにゃあと猫が鳴く」、「雨がざあざあ降る」、「空がどんより曇る」など皆そうです。しかし詩歌では、こんな平凡なオノマトペは使っても仕方がありません。

独創的なオノマトペを使ったことで知られる詩人は、萩原朔太郎です。例えば、鶏の鳴き声を「とをてくう、とをるもう、とをるもう」と表現しました。ほかに「じぼ・あん・じやん！　じぼ・あん・じやん！」、「ほひゅーる。ほひゅーる。ほひゅーる」、「のをあある　とをあある　やわあ」というのもあります。何だか分かりますか。それぞれ柱時計の時報、風の音、犬の遠吠えです。これらは特殊な例です。短歌で使うオノマトペは、あまり極端に走らないほうがいいでしょう。

さはさはと風わたる尾根に出で立てり頭《かうべ》の紺のバンダナほどく　　来嶋靖生『峠』

これぐらいが程よいところです。右の練習問題の中で、新鮮味のあるオノマトペは、①「はたりはたりと」、③「くいくいと」、⑥「げぶじゅんと」、⑩「しゅわ、しゅわ、しゅわと」、⑬「こをろこをろと」、⑭「つんつんと」です。このうち最も独創的なのは、犬のくしゃみを表現した「げぶじゅん」でしょうね。また「こをろこをろ」は、古事記にあるオノマトペをうまく再利用しています。

正解　新鮮なオノマトペは、①③⑥⑩⑬⑭です。残りの②④⑤⑦⑧⑨⑪⑫は平凡ですね。

【総説と秀歌】

オノマトペは、古くからありました。古事記の初めのほうに、伊邪那岐命と伊邪那美命が国造りをする様子を「二柱の神、天《あめ》の浮橋に立たして、其の沼矛《ぬぼこ》を指し下ろして画《か》きたまへば、塩こをろこをろに画き鳴《な》して、引き上げたまふ時……」と記しています。この「こをろこをろに」が最古のオノマトペでしょう。海水をかき回す音を「こをろこをろ」と表現したのです。古事記には他に「笹葉《ささは》に打つや霰のたしだしに」というオノマトペもあります。

多摩川にさらす手づくりさらさらに何《なに》そこの児のここだ愛《かな》しき　　万葉集（東歌）

この「さらさらに」は、今ふうに言えば「さらさらと」です。水中で布をさらす音をあらわしています。

万葉集には、ほかに「あり衣《きぬ》のさゐさゐしづみ家の妹《いも》に物言はず来《き》にて思ひ苦しも」という例もあります。「さゐさゐ」がオノマトペです。現在の「さやさや」という言葉に当たるでしょう。
万葉以降の用例を見ると、古今集に「雉子のほろろとぞ鳴く」、玉葉集に「山鳥のほろほろと鳴く」などがあります。後拾遺集の「笛の音の春おもしろくきこゆるは花ちりたりと吹けばなりけり」は、面白い言葉遊びの歌です。笛の音を「ちりたり」というオノマトペであらわし、それを「散りたり」に懸けています。しかし、総じて古典和歌の時代は、オノマトペの用例は多くありません。
近代に入って、少しずつオノマトペが増えてきます。

乳《ち》ぶさおさへ神秘のとばりそとけりぬここなる花の紅《くれなゐ》ぞ濃き　与謝野晶子『みだれ髪』

三句の「そと」がオノマトペです。むろん「そっと」の意味です。江戸時代以前は、例えば「さっと掃く」は「さと掃く」とあらわしたようです。与謝蕪村も「北寿老仙をいたむ」という詩の中で、煙がぱっと上がるのを「けぶりのはと打ち散れば」とあらわしました。

宵あさくひとり籠ればうらがなし雨蛙《あまがへる》ひとつかいかいと鳴くも　斎藤茂吉『赤光』

下《お》り尽す一夜《ひとよ》の霜やこの暁《あけ》をほろんちょちょちょと澄む鳥のこゑ　北原白秋『白南風』

めう〳〵と　あな　うまくさき湯気ふきて、朝餉白飯《アサゲシライヒ》　熟《ウ》みにけるかも

釈　迢空『海やまのあひだ』

これらは独創的なオノマトペを使った秀歌です。茂吉と白秋はオノマトペの達人でした。次の十首、どれも興味深いオノマトペの歌です。Jの下句は水音をあらわすオノマトペです。これを「グラドコフスキ、グラドコフスカ」と片仮名で書いてみると、ロシア系の男女の名前のようにも見えます。

【優れたオノマトペの歌】

A　鐘つけば音鳴りいでておんおんと響かふ下《した》にこころ虔《つつし》む

宮　柊二『忘瓦亭の歌』

B　あめんばう輪をもてコールするといふついついつーい打ちかさなれり

馬場あき子『青椿抄』

C　ぬ　ぬぬぬ　ぬぬぬぬぬぬぬ　蜚蠊《ごきぶり》は少しためらひ過《よぎ》りゆきたり

宮原望子『これやこの』

D　サキサキとセロリ噛みいてあどけなき汝《なれ》を愛する理由はいらず

E　君を打ち子を打ち灼けるごとき掌よざんざんばらんと髪とき眠る　佐佐木幸綱『男魂歌』

F　梅の花ほほほと開き桃の花ぽぽぽと笑い人は戦う　河野裕子『桜森』

G　月ひと夜ふた夜満ちつつ厨房にむりッむりッとたまねぎ芽吹く　大下一真『月食』

H　青乙女なぜなぜ青いぽうぽうと息ふきかけて春菊を食ふ　小島ゆかり『希望』
坂井修一『ラビュリントスの日々』

I　椰子の葉はあしたの風に羽ばたけり　まぷらああ　まぱを　まぷるうう　まぱを
都築直子『青層圏』

J　早春の岩間をくぐる水の音のぐらどこふすきぐらどこふすか　島田幸典『no news』

第十三章

動詞の数は少なく

次の歌は、それぞれ何個の動詞が用いられていますか。①は4個、②は5個です（傍線部分が動詞）。③〜⑭の歌の、それぞれの動詞の数を答えてください。

①串に刺す若鮎あぶり酒酌めり子らの帰らぬ父の日の今日

②並ぶレジ小銭を探る老人を焦れて　眺めて順番を待つ

③ベル鳴りて慌ててガスの栓のこと気づかう我に娘は知らぬふり

④雨間見て紫蘇の葉を摘み移動せり芋葉の水に手をすすぎつつ

⑤生みし母いつか明かすと言いたるに姉は逝きたり果たさぬままに

⑥久しぶりに会ひたる友は笑み浮かべ手に杖つきて〈介護4〉と言ふ

⑦おみやげにせむと買ひたるマンゴーを渡しそびれて我れが食みをり

⑧笹を持ち螢追いたる川べりのふるさと恋へば友の顔うかぶ

⑨雨水のあふるる樋を気にすれば晴間に直せと妻が念押す

⑩昨日死にし友を思ひて「かなりや」の唄をうたへば涙こぼるる

⑪酒飲みて酔へば縁側に横になりすだくこほろぎの秋めくを知る

⑫わがままを言いたる母を介護士はジョークが好きとノートに記す
⑬もくれんの蕾のごとき靴をはき子は初めての大地に立てり
⑭日本語のひびきを幼と楽しみて公園に着くまでのしりとり

【答と解説】

優れた歌は、一般的に「使用する動詞の数が少ない」と私は考えています。

かつて大岡信氏が『折々のうた』第一冊で取り上げた秀歌（計八三首）について、平均動詞数を調べたことがあります。結果は平均2・86個でした。つまり、優れた歌の場合、動詞の数は一首平均3個に満たないのです。いい歌は動詞の数が少ない、という私の説は妥当であろうと思います。（拙著『歌を愉しむ』参照）

さて、動詞の数え方を、実例に沿って説明しておきましょう。

高きより声のかかりし一服の知らせを下へ言い継ぐ棚田

この「かかりし」は、「かかる」という動詞1個と数えます。「知らせ」は、動詞「知る」から生まれた語ですが、「知らせ」は名詞化していますから、これは動詞と数えません。「言い継ぐ」は2つの動詞から出来た語ですが、意味の上では一体化していますから、複合動詞1個と数えます。（別の例を挙げますと、「遊び回る」は複合動詞1個、また「遊びて帰る」は動詞2個と数えます。）

③ベル鳴りて　慌ててガスの栓のこと気づかう我に娘は知らぬふり

④雨間見て紫蘇の葉を摘み　移動せり芋葉の水に手をすすぎつつ

傍線の部分が動詞です。動詞の数は、③は4個、④も4個です。つづく⑤は「生みし」「明かす」「言いたるに」「逝きたり」「果たさぬ」の5個ですね。⑥は「会ひたる」「浮かべ」「つきて」「言ふ」が動詞で、計4個です。その後は、動詞の数だけ言いますと、⑦⑧⑨⑩はどれも4個、⑪は6個です。

お分かりのように、①〜⑪の歌は動詞が4個以上使用されています。そして、どれも平凡な歌です。動詞が多い歌は、内容が説明的・散文的になる場合が多いのです。

最後の三首は、使用動詞が少ない例です。⑫は「言いたる」「記す」の2個、⑬は「はき」「立てり」の2個、⑭は「楽しみて」「着く」の2個です。これらは出来のいい歌です。内容が整理され、単純化され、その結果として動詞の数が減ったのです。動詞の数は一首平均3個が目安で、4個以上になると、いい歌は少なくなるようです。

正解　動詞の数は、右に記した通りです。動詞の数を減らすことが、いい歌につながってゆくと思います。

【総説と秀歌】

物事を説明しようとすると、文章が長くなります。一例を挙げましょう。
「私の住んでいる家に、少しばかり竹が集まって生えているところがある。その竹群に吹く風の音が、かすかに聞こえてくる。静かな夕暮れだ」
これは散文です。この内容を歌であらわすと、次のようになるでしょう。

わが屋戸《やど》のいささ群竹《むらたけ》吹く風の音のかそけきこの夕べかも　　大伴家持『万葉集』

内容が整理され、単純化されています。単純化されますと、おのずから動詞の数が減ります。この場合、動詞は「吹く」だけです。

見わたせば花も紅葉もなかりけり浦のとまやの秋の夕暮れ　　藤原定家『拾遺愚草』
心なき身にもあはれは知られけり鴫立つ沢の秋の夕暮れ　　西行法師『山家集』

吹く風の涼しくもあるかおのづから山の蟬鳴きて秋は来にけり

源　実朝『金槐和歌集』

それぞれ動詞を数えますと、定家作は「見わたせば」1個、西行作は「知られけり」「立つ」の2個、実朝作は「吹く」「ある」「鳴きて」の3個です。古典和歌ではこの辺りが標準でしょう。

ヒヤシンス薄紫に咲きにけりはじめて心顫ひそめし日

北原白秋『桐の花』

この歌では、動詞は「咲きにけり」「顫ひそめし」の2個です。近代以降の秀歌も、動詞は3個以下というのが多いと思います。

一方、動詞の多い秀歌もあります。

おほうみの磯もとどろに寄する波割れて砕けて裂けて散るかも

源　実朝『金槐和歌集』

湧《わ》きいづる泉の水の盛《も》りあがりくづるとすれやなほ盛りあがる

窪田空穂『泉のほとり』

ニコライ堂この夜揺《よ》りかへり鳴る鐘の大きあり小さきあり小さきあり大きあり
北原白秋『黒檜』

馬《うま》と驢《ろ》と騾《ら》との別《わかち》を聞き知りて驢来《ろきた》り馬来《うまきた》り騾《ら》と驢《ろ》と来《きた》る
土屋文明『韮青集』

動詞が4個〜6個使用されています。これらは、対象の動きをリアルに表現するため意図的に動詞を多用している歌です。いわば特例です。普通は動詞3個以下が標準と考えていいでしょう。

次の十首は、動詞の数の少ない例です。吉野秀雄は2個、また中城ふみ子は0個です。ほかは全て1個です。動詞を多用しないほうが、秀歌が生まれそうです。

【動詞の少ない秀歌】

A　あかあかと一本《いつぽん》の道《みち》とほりたりたまきはる我《わ》が命《いのち》なりけり
斎藤茂吉『あらたま』

B　旅人《たびびと》さびあれはききけり片瀬なる一膳めしやの土間のこほろぎ
吉野秀雄『天井凝視』

C　つくつくぼふし三面鏡の三面のおくがに啼きてちひさきひかり
葛原妙子『朱霊』

D　日本脱出したし皇帝ペンギンも皇帝ペンギン飼育係りも
塚本邦雄『日本人霊歌』

E　春のめだか雛の足あと山椒の実それらのものの一つかわが子

中城ふみ子『乳房喪失』

F　四層の白瑠璃《はくるり》盌《わん》の切子《きりこ》の面《めん》おのおのに溜む秋の光を

宮　英子『葱嶺の雁』

G　あの夏の数かぎりなきそしてまたたつた一つの表情をせよ

小野茂樹『羊雲離散』

H　紫外線ランプすみれの花のごとともりて春の夜の無菌室

永田和宏『黄金分割』

I　菜の花の黄《きい》溢れたりゆふぐれの素焼の壺に処女のからだに

水原紫苑『びあんか』

J　薄白き桜の花におおわれて日本の墓は縦書きの墓

吉川宏志『海雨』

第十四章

時間語で歌を生かす

時間をあらわす言葉を時間語といいます。例えば「春」「晩夏」「七月」「昼」「夕暮れ」など無数にあります。次の十四首の中から時間語を探し出してください（時間語のない歌もあります）。

①湯上りの手くぼに落とせし化粧水そこはかとなく匂い立つなり
②くすり湯のやわらかき香につつまれていつしか我はまどろみている
③誤字ひとつ混じる名札をつけられて君は真昼をひたすら眠る
④水無月はわが恋びとの忌日ありけふ一人ゆくふるさとの道
⑤よろこびも憂いもあらむそれぞれに幾百の人機の人となる
⑥旅の余韻にまだ浸りつつ遥かなるパリの天気の予報に見入る
⑦あやふやな未来と僕ら　黒板と君の横顔見てる午後二時
⑧内臓のことに冷たき鱈さばき雪ふる宵の鍋を準備す
⑨錠かたく閉ざして友は不在なり見知らぬ街を往きつ戻りつ
⑩ゆるやかに木の葉を揺らす風吹きて川面に遊ぶ一葉《いちよう》のあり
⑪梅雨明けの芝生の中ににっこりとねじ花二つ間をおき一つ

⑫しらかばの林に朝の日は射して雨あがりなる大気かぐわし
⑬東洋一の大観覧車に我ら二人汲み上げられて春光のなか
⑭やがてくる別れにふれず老い父と秋の上野にフェルメール見る

【答えと解説】

①は、時間語はありません。②は「いつしか」が時間語のように見えますが、少し違うと思います。③は「真昼」、④は「水無月」が時間語です。⑤⑥は時間語なし。⑦は「未来」「午後二時」が時間語、⑧は「宵」が時間語です。⑨⑩なし。⑪「梅雨明け」、⑫「朝」、⑬「春光」、⑭「秋」が時間語です。

さて、時間語のない歌をよく見ると、どこか物足りない印象があります。それぞれの作者に失礼ですが、思いつくままに時間語を入れてみましょう。

①湯上りの手くぼに落とせし化粧水そこはかとなく匂い立つ秋

結句に「秋」という時間語を入れてみました。歌がずいぶん良くなったような気がします。「秋」にしたのは単なる私の好みで、これ以外にも適切な時間語はあると思います。次に②も、私の好みの時間語を入れてみます。

②くすり湯のやわらかき香につつまれて雪の夜《よ》我はまどろみている

この「雪の夜」は、余りにも合い過ぎのような気もするので、「春の夜」とか「秋の夜」あたりが妥当かもしれません。他の歌も時間語を入れてみましょう。

⑤よろこびも憂いもあらむ春まひる幾百の人機の人となる
⑥旅の余韻にまだ浸りつつ遥かなるパリの天気の予報見る朝
⑨錠かたく閉ざして友は不在なり見知らぬ街を戻る夕ぐれ
⑩夏ゆうべ木の葉を揺らす風吹きて川面に遊ぶ一葉《いちよう》のあり

やはり、時間語を入れると歌が良くなりますね。作品の内容に奥行きが生まれます。もちろん、歌には時間語がいつも必要だ、というわけではありませんが、弱い歌は時間語を入れるとレベルアップする、と言えそうです。

ふたたび時間語のない歌を見ましょう。

本当は誰かにきいてほしかった悲鳴をハンカチにつつみこむ　笹井宏之『てんとろり』

これごっほ　ごっほのみみよ　これごっほ　ごっほのみみよ　がかのごっほの　同

さいころにおじさんが住み着いている　転がすたびに大声がする　同

笹井は繊細な感性をもつ優れた歌人ですが、歌は時間の要素が希薄です。時間の要素がない場合、歌は〈小さな、薄いもの〉になりがちです。笹井作品は面白いけれど、〈豊饒さ〉からは遠い歌でしょう。

【総説と秀歌】

塚本邦雄は時間語を多用した歌人です。例えば『緑色研究』を見ると、次のような歌があります。

雑食へばましてしのばゆ再《ま》た娶りあかあかと冬も半裸のピカソ

体育館まひる吊輪の二つの眼盲《し》ひて絢爛たる不在あり

薔薇、胎児、慾望その他幽閉しことごとく夜の塀そびえたつ

これら「冬」「まひる」「夜」は、ストレートに時間をあらわす直接的な時間語です。ほ

かにも「夏至」「八月」「晩夏」「午《ひる》」「真夏」「五月」「土曜日」「六月」「はつなつ」といった時間語がしきりに登場します。また「二月の夜」のような複合的な時間語も用いられています。

そのほか、間接的に時間をあらわす時間語もあります。いわゆる季語がそれです。例えば「向日葵」は植物名ですが、夏の季節感を帯びています。ですから向日葵は、間接的に夏をあらわす時間語と言えます。

金婚は死後めぐり来む朴《ほほ》の花絶唱のごと蘂そそりたち
寒泳の青年の群われにむきすすみ来つ　わが致死量の愛
紫陽花のかなたなる血の調理台　こよひ食人のたのしみあらむ

「朴の花」「寒泳」「紫陽花」が季語です。これらの歌には、それぞれ夏、冬、夏の季節感があります。（九五頁の⑪の歌、じつは「ねじ花」が夏の季語です。）

特殊な季語として、忌日というのがあります。例えば夏目漱石の忌日は十二月九日で、この日を「漱石忌」と言います。塚本邦雄はこれを外国人にも応用しました。

カフカ忌の無人郵便局灼けて頼信紙のうすみどりの格子

外国人の忌日は、季節感をあらわすよりも、その人の作品世界（この場合、カフカの小説世界）を一首の中に投影するために用いられることが多いようです。ただし、忌日と季節感が一致しなくては困ります。カフカ忌は六月三日ですから、「灼けて」は成り立ちます。『緑色研究』には、リルケ忌、ゾルゲ忌、フロイト忌なども出てきます。

人間を、あるいは物を、時間軸の上に置いてとらえようとする作者は、おのずから時間語を使うケースが多くなると思います。一流の歌人は、時間語の使用率が高いと推測されますが、その代表格として次に佐藤佐太郎・宮柊二の歌を挙げました。なお、佐太郎の「薄明《はくめい》」は「明けに薄《せま》る」、つまり夜明け前のことです。「暮れに薄《せま》る」を薄暮というのと同じです。

【時間語のある秀歌】

A　薄明《はくめい》のわが意識にてきこえくる青杉《あをすぎ》を焚《た》く音とおもひき　佐藤佐太郎『歩道』

B　あぢさゐの藍《あゐ》のつゆけき花ありぬぬばたまの夜あかねさす昼　同『帰潮』

C　夕光《ゆふかげ》のなかにまぶしく花みちてしだれ桜は輝《かがやき》を垂る　同『形影』

D　冬の日の眼に満つる海あるときは一つの波に海はかくるる　同『開冬』

E　生死夢《せいしむ》の境は何か寺庭にかがやく梅のなか歩みゆく　同『天眼』

F　昼間みし合歓《かうか》のあかき花のいろをあこがれの如くよる憶ひをり　宮　柊二『群鶏』

G　おんどるのあたたかきうへに一夜《ひとよ》寝て又のぼるべし西東《にしひがし》の山　同『山西省』

H　あたらしく冬きたりけり鞭のごと幹ひびき合ひ竹群はあり　同『日本挽歌』

I　ふるさとは影置く紫蘇も桑の木も一様《いちやう》に寂し晩夏のひかり　同『多く夜の歌』

J　山鳩は朝より森に鳴くなれど然《さ》は悲しげに鳴くこと勿れ　同『純黄』

第十五章

地名を入れる

地名を入れると、歌が良くなることがあります。①は地名のない歌ですが、傍線の部分に地名を入れたのが②の歌です。これと同じように、③〜⑫の傍線部分に地名を入れてください。（地名の候補は後ろに並べてあります。）

①朝市に買いたるキャベツ葉を剝けばほろろこぼるる銀色の露

②朝市に買いたるキャベツ葉を剝けばほろろこぼるる嬬恋《つまごい》の露

③盛り場の真夜中どこか怪我をせしごとく傾《かし》ぎて男ら歩く

④霜月の北の海より寒気団が雷神風神したがへ来たり

⑤町内に引つ越して来し老い人が魚旨しとこの地褒めたり

⑥人、車、人、人、車の行き交ひに我が疲れたり夕あかね雲

⑦四つ角の時計のしたで待ち合わす暑き八月灯ともしごろに

⑧日曜の大観覧車のてっぺんで君に告げよう試験の結果

⑨雀らは細螺《きさご》のやうに舞ひ降りぬこの公園の冬の地面に

⑩夕ぐれの露天風呂にて四肢伸ばし秋のはじめの風音を聴く

⑪川土手を行けば晴れたる夕空にとほき山脈くつきりと見ゆ

⑫形見にと妻の和服を海越えて故郷へ帰る姪に持たせる

〔地名候補〕指宿、奈良、新潟、新宿、東京、鈴鹿、カナダ、銀座、お台場、日本海。

【答と解説】

いろいろある言葉の中に、固有名詞というものがあります。簡単に言えば、固有名詞は〈この世にたった一つのもの〉をあらわす言葉です。

例えば、女性は無数にいますが、樋口一葉という人は一人しかいません。あるいは、都道府県はたくさんありますが、福島県という場所は一つしかありません。このような言葉が固有名詞です。

固有名詞には、人名と地名があります。固有名詞は、ものを限定する言葉ですから、上手に使えば良い歌が出来るはずです。今回は、歌に地名を入れる練習です。

①は、これでも良い歌ですが、②のように嬬恋という地名が入ると、さらに良くなります。

③は「新宿」「東京」どちらでも成り立ちますが、より限定の強い新宿のほうが優れています。④は簡単で、日本海。⑤は、候補の中では新潟でしょう。

⑥は東京。⑦は銀座。⑧はお台場です。⑨は、音数の面からも奈良。⑩は温泉地の指宿。⑪は鈴鹿。⑫は「海越えて」ですからカナダ。

今回は〔地名候補〕が出ていますから、答は簡単だったでしょう。無理やり作った練習問題ですが、地名を入れると歌が良くなる、ということを理解していただければそれで十分です。

さて、与謝野晶子の歌集を読みますと、地名が多く詠み込まれていることに気づきます。地名に関心が深い歌人だったのでしょう。ここで試しに、その地名の部分を空欄にしてみます。皆さんは、□□にどんな地名が入るか、お分かりですか。なかなか難しい問題ですが、思い出してみてください。（答は一〇七頁にあります。）

①□□へ□□をよぎる桜月夜《さくらづきよ》こよひ逢《あ》ふ人みなうつくしき
②ほととぎす□□へは一里□へ三里水の□□夜の明けやすき
③夕ぐれを花にかくるる小狐《をぎつね》のにこ毛にひびく□□□の鐘
④□□や紅屋《べにや》が門《かど》をくぐりたる男かはゆし春の夜の月
⑤□□や御仏《みほとけ》なれど釈迦牟尼《しやかむに》は美男におはす夏木立かな
⑥□□□や葉わか楓《かへで》の木下《こした》みち石も啼《な》くべき青あらしかな

⑦春の雨□□の山におん児《ちご》の得度《とくど》の日かや鐘おほく鳴る
⑧ああ皐月《さつき》□□□の野は火の色す君も雛罌粟《コクリコ》われも雛罌粟
⑨休みなく地震《なゐ》して秋の月明にあはれ燃ゆるか□□の街
⑩□□□の若葉の上に雹降りぬ何事ならず天《てん》悲しめり

【総説と秀歌】

地名といえば、平安時代に歌枕というものが成立しました。和歌に詠み込まれる名所のことです。例えば、大和《やまと》の「竜田川」、陸奥《むつ》（磐城）の「阿武隈《あぶくま》川」、摂津《せっつ》の「長柄《ながら》の橋」などがそうです。

歌枕は、自由勝手に詠むことはできません。一定の扱い方があります。時に例外はありますが、原則として竜田川は「年ごとにもみぢば流す竜田川みなとや秋のとまりなるらむ」（紀貫之）のように紅葉の名所として詠み、阿武隈川は「床の上にたえず涙はみなぎれど阿武隈川とならばこそあらめ」（崇徳院）のように「逢ふ」の掛詞として用い、長柄の橋は「行くすゑを思へばかなし津の国の長柄の橋も名は残りけり」（源俊頼）のように〈古いもの〉として詠むのが普通です。

平安時代の歌人たちは、竜田川を見たことはあるでしょうが、阿武隈川を見た人は稀でしょうし、長柄の橋は消滅していました。歌枕は、実地を見た見ないとは関係なく、一定の約束のもとに、歌に詠み込まれました。

近代以降の短歌の世界では、歌枕という考えは捨て去られ、実際に見た土地を自由に詠むようになりました。

春あさき道灌山の一つ茶屋に餅食ふ書生袴つけたり　与謝野鉄幹（明31）
吉原の太鼓聞こえて更くる夜にひとり俳句を分類すわれは　正岡子規（明31）
四条橋《ばし》おしろいあつき舞姫のぬかささやかに撲《う》つ夕あられ　与謝野晶子（明34）
亀井戸《かめゐど》の藤もをはりと雨の日をからかささしてひとり見にこし　伊藤左千夫（明34）

このように明治三十年代から、歌枕ではない一般的な地名の入った歌が出現します。自分の生活や見聞に即した歌を詠むようになって、おのずから地名入りの歌も増えてきたのでしょう。

地名は、普通名詞よりもイメージを喚起する力があります。道灌山、吉原、四条橋、亀井戸、みなそうです。その土地の様子や歴史が、それぞれの地名の背後から立ち上がってきます。

万葉集にはたくさんの地名が出てきます。歌枕という概念がまだ無かった時代なので、自由に雑多な地名が詠み込まれているのです。次にその一部を挙げます。素敵な地名が幾つもあります。

——一〇四頁（与謝野晶子の歌）の答——
①清水、祇園②嵯峨、京、清滝③北嵯峨④下京⑤鎌倉⑥三井寺⑦高野⑧仏蘭西⑨東京
⑩武蔵野

【地名入りの万葉の歌】

A　春過ぎて夏きたるらし白たへのころも乾したり天の香具山　（巻一）持統天皇

B　天ざかる夷《ひな》の長道《ながち》ゆ恋ひくれば明石の門《と》より大和島見ゆ　（巻三）柿本人麿

C　苦しくも降りくる雨か神《みわ》の崎狭野《さの》の渡りに家もあらなくに　（巻三）長忌寸奥麿

D　桜田へ鶴《たづ》鳴き渡る年魚市潟《あゆちがた》潮干《しほひ》にけらし鶴鳴き渡る　（巻三）高市黒人

E　ますらをと思へるわれや水茎《みづくき》の水城《みづき》のうへに涙拭《のご》はむ　（巻六）大伴旅人

F　豊国《とよくに》の香春《かはる》は吾家《わぎへ》紐《ひも》の児《こ》にいつがり居れば香春は吾家　（巻九）抜気大首《ぬきのけたのおびと》

G　多摩川にさらす手作りさらさらに何《なに》そこの児のここだ愛《かな》しき　（巻十四）東歌

Ｈ　吾《あ》が恋はまさかもかなし草枕多胡《たご》の入野《いりの》の奥もかなしも　（巻十四）東歌

Ｉ　筑紫なるにほふ児ゆゑにみちのくの香取少女《かとりをとめ》の結《ゆ》ひし紐解く　（巻十四）東歌

Ｊ　朝床に聞けばはるけし射水川《いみづがは》朝漕ぎしつつうたふ船人　（巻十九）大伴家持

第十六章

切れる、切れない

今回は終止形と連体形の問題です。終止形は、文章がそこで切れます。連体形は、切れずに下の名詞に接続します。二つを混同してはいけません。次の①〜⑭で正しいものを選びなさい。

①屋敷林めぐらせ構へ豊かなる砺波平野の農の家居は
②屋敷林めぐらせ構へ豊かなり砺波平野の農の家居は
③排気ガス、車の振動もろに受く樹のストレスに思ひは及ぶ
④排気ガス、車の振動もろに受くる樹のストレスに思ひは及ぶ
⑤あまるほどの自由がありて鬱もある羅針盤なき暮らしの中は
⑥あまるほどの自由がありて鬱もあり羅針盤なき暮らしの中は
⑦受け答へさはやかなりとペンキ屋の若者を褒む朝餉に夫は
⑧受け答へさはやかなりとペンキ屋の若者褒むる朝餉に夫は
⑨定まらぬ春の天気を案じつつ里芋植うる少し深めに
⑩定まらぬ春の天気を案じつつ里芋を植う少し深めに
⑪十二時で時計の針の止まりゐる無口な妻と夕餉食ふ部屋

⑫十二時で時計の針の止まりをり無口な妻と夕餉食ふ部屋
⑬木守柿高きに一つのこしたりことし豊作の勲章として
⑭木守柿高きに一つのこしたることし豊作の勲章として

【答と解説】

例えば「鮮やかなり」という言葉があります。「鮮やかなり」は終止形で、文章はここで切れます。一方、「鮮やかなる」は連体形で、文章はここで切れず、下の名詞に繋がってゆきます。この終止形・連体形はきっちりと使い分けることが大切です。

①の歌意は、「屋敷林をめぐらせて構への豊かな砺波平野の農の家居は……」となります。意味が完結していません。それに対して②の歌意は、「屋敷林をめぐらせて構へが豊かだ。砺波平野の農の家居は」となります。どちらが正しいか一目瞭然ですね。むろん②が正解です。

③は「排気ガスや車の振動をもろに受ける。樹のストレスに、私の思ひは及ぶ」という意味です。一方、④は「排気ガスや車の振動をもろに受ける樹のストレスに、私の思ひは及ぶ」という意味です。正しいのは④です。

簡単ですからお分かりですね。そのあと正しいのは⑥、⑦、⑩、⑫、⑬です。

もう少し練習問題を出しましょう。次の歌には全て語法上の誤り（終止形・連体形の混同）があります。その個所に傍線を引いて、正しい言い方に直してください。

a、還暦をこの年迎ふいもうとに心葉《こころば》の二首添へて送りぬ
b、堅雪の真下を流る水音の聞こえて春の気配を覚ゆ
c、寒き夜は放哉の句のなつかしきおでんが鍋に煮えてゐる音
d、建てつけの悪《あ》しに入りくる隙間風苦になる季《とき》となりたるわが家
e、もう少しで堤防を越ゆ水量を示す爪あと残す利根川
f、雪止みてつかのま空に出づ青にまなざし注ぐ我と老い妻
g、どくだみの咲き初む庭に下り立ちぬ梅雨の長雨ひととき止みて
h、置き去りにされし思ひの新たなる一周忌の姉の写真を見れば

間違いの個所と、正しい言い方は次の通りです。a「迎ふ→迎ふる」、b「流る→流るる」、c「なつかしき→なつかし」、d「悪しし→悪しき」、e「越ゆ→越ゆる」、f「出づ→出づる」、g「初む→初むる」、h「新たなる→新たなり」。

なお、正しい言い方に直して、かつ音数を整える必要があれば、例えばaは「今年《ことし》迎ふ

る」、bは「真下流るる」、cは「なつかしや」、dは「悪しくて通ふ」というふうに手直しすればいいわけです。

【総説と秀歌】

高浜虚子は偉大な俳人で、素晴らしい句を数多く残していますが、語法の上では大ざっぱな面もあります。

我を迎ふ旧山河雪を装へり
我声の吹き飛び聞ゆ野分かな
うなり落つ蜂や大地を怒り這ふ
ほとゝぎす鳴きすぐ宿の軒端かな

それぞれ「迎ふる」「聞ゆる」「落つる」「すぐる」が正しいはずです。たぶん、字余りになるのを避けて強引に誤用のまま押し通したのでしょう。

私たちは虚子を真似しないほうがいいと思います。

次に挙げるのは片山広子の作品です。片や本物、片や偽物です。さてどちらが本物でしようか？

①ひまあればすこしあれたり指さきもにほひ油のしろきをぬりつ
②ひまあればすこしあれたる指さきもにほひ油のしろきをぬりつ
③吾子がめづ土の子犬のかはゆさよ同じ顔していつも我を見る
④吾子がめづる土の子犬のかはゆさよ同じ顔していつも我を見る
⑤物ともしき秋ともいはじみちのくの鳴子《なるご》の山の栗たまひけり
⑥物ともし秋ともいはじみちのくの鳴子《なるご》の山の栗たまひけり
⑦動物は孤食すと聞く年ながくひとり住みつつ一人ものを食へり
⑧動物は孤食すと聞けり年ながくひとり住みつつ一人ものを食へり
⑨かぜ立ちてまだ春わかきわが庭もいちごは白き花もちてゐる
⑩かぜ立ちてまだ春わかしわが庭もいちごは白き花もちてゐる
⑪野のひろさ吾をかこめり人の世の人なることのいまは悲しも
⑫野のひろさ吾をかこめる人の世の人なることのいまは悲しも

片山広子の歌は、②④⑤⑧⑨⑪です。このうち⑦は間違いではありませんが、「聞く」

で切れるのか切れないのか直ぐには分かりません。字余りでも⑧のほうが優れています。⑨⑩はよく読めば、⑨が本物だと分かります。

次の十首は、切れ目が明白で、一首の意味が明瞭であり、歌の均整美も保たれています。(むろん、切れ目のない歌でも優れたものはあります。念のため)

【切れ目の明白な秀歌】

A　今日いくたり生き残れるや寒雨《さむあめ》に校旗押し立て征きし学徒ら　木俣　修『雪前雪後』

B　こんこんと外輪山が眠りをり死者よりも遠くに上りくる月　浜田　到『架橋』

C　ちる花はかずかぎりなしことごとく光をひきて谷にゆくかも　上田三四二『湧井』

D　夢のなかといへども髪をふりみだし人を追ひゐきながく忘れず　大西民子『不文の掟』

E　水ぎははいかなるものぞ小次郎も武蔵にやぶれたりし水ぎは　馬場あき子『雪木』

F　マッチ擦るつかのま海に霧ふかし身捨つるほどの祖国はありや　寺山修司『空には本』

G　一国の詩史の折れ目に打ち込まれ青ざめて立つ柱か俺は　佐佐木幸綱『火を運ぶ』

H　味酒《うまさけ》の身はふかぶかと酔ひゆきて待つこころなりいかなる明日も

伊藤一彦『新月の蜜』

I　われを呼ぶうら若きこゑよ喉ぼとけ桃の核ほどひかりてゐたる

河野裕子『森のやうに獣のやうに』

J　新たなる風鳴りはじむ産み了へて樹のごとくまた緊りゆく身に

栗木京子『水惑星』

第十七章

ルビの使い方

振り仮名のことをルビと言います。今回は、〈どのようにルビを付けるか〉について考えましょう。次の十四首の中から、ルビの付け方が適切な歌を五首、逆にルビの付け方が不適切な歌を九首、それぞれ選び出しなさい。

①冬庭の石の下にて眠りゐし石竜子《とかげ》に詫びて石を戻せり

②亡母《はは》偲び大根あまた吊りて干す一月二十日きょう命日に

③ほそやかに昨夜《よべ》鳴きてゐし虫の声こよひは聞かず十一月二日

④乳色の霧は谷間を覆ひつつ我のゆくてに北岳《やま》そびえ立つ

⑤浜名湖を見放くる病室《へや》に眠る父あまたのチューブに命託して

⑥成田山園内に咲く紅梅《うめ》の花かぐはしき香に身を包まるる

⑦ふたり来し昔なつかし霧ふかき駒止峠《こまどとうげ》の笹むら濡れて

⑧炬燵より父が麴を取り出せば十五歳《じふご》のわれは甘酒待ちし

⑨海猫《ごめ》の群れ従え帰るサバ船の吃水ふかし冬のみちのく

⑩雪の降る宮ノ下坂しづかなり箱根駅伝《えきでん》終はり若きら去りて

⑪名門の御曹司ひとり見得切れりあまたの役者筋斗《とんぼ》切るなか

⑫いつになく静かな朝となりにけり雨戸ひらけばひさびさの淡雪《ゆき》
⑬風邪癒えてマクドナルド《マック》で軽き食事せり身疲れあれど食欲湧けば
⑭川端《かわばた》康成のぎろりとしたる眼を思う天城トンネルの闇をゆきつつ

【答と解説】

読みにくい文字にはルビを付け、読み方を示すことが必要です。しかし、自分勝手な読み方を強要していいわけではありません。あくまでも良識の範囲内でルビを付けること——これが大切です。

では、右の十四首を見てゆきましょう。①の「石竜子《とかげ》」は読みにくい文字なのでルビが付けてあります。これはいいですね。

②は「亡母《はは》」というのがいけません。おそらく、「亡き母」と言えば字余りになるので、苦肉の策として「亡母《はは》」としたのでしょう。じつに安易な方法ですね。そんな小細工をせず、単に「母偲び大根あまた吊りて干す一月二十日きょう命日に」でいいのです。「命日」とありますから、母が亡き人であることは分かります。わざわざ「亡母《はは》」とする必要はありません。

③は、「昨夜《よべ》」をサクヤでなくヨベと読ませるためにルビが付けてあります。これは○

Kです。④の歌で「北岳」を「やま」と読ませるのは、無理というか自分勝手です。この歌は、「乳色の霧は谷間を覆ひつつ我のゆくてに北岳そびゆ」とすればいいと思います。

⑤「病室」を「へや」と読ませるのは無理です。これも自分勝手なルビですね。「浜名湖の見ゆる病室に眠る父あまたのチューブに命託して」でいいのでは？

⑥「紅梅《うめ》」というルビは、いけません。この歌は「成田山園内に咲く紅梅のかぐはしき香に身を包まるる」で十分です。⑦の「駒止峠《こまどとうげ》」は読み方が難しいですから、ルビがあるのは大変いいことです。

⑧「十五歳《じふご》」がいけません。余計なことをせず、「炬燵より父が麴を取り出せば十五のわれは甘酒待ちし」でいいのです。⑨の「海猫《ごめ》」、このルビは必要です。

⑩「箱根駅伝《えきでん》」が駄目です。どうしてこんな情けないルビをつけるのでしょう。単に「雪の降る宮ノ下坂しづかなり駅伝終はり若きら去りて」でいいのです。⑪の「筋斗《とんぼ》」は必要なルビです。

⑫「淡雪《ゆき》」がいけません。安易なルビです。この歌、あっさりと「いつになく静かな朝となりにけり雨戸ひらけばひさびさの雪」でもいいですし、あるいは淡雪に執着するなら「ひさびさに淡雪ふれりいつになく静かな朝と雨戸ひらけば」ぐらいでしょうね。

⑬の「マクドナルド《マック》」と、⑭の「川端康成《かわばた》」は、必要のない馬鹿々々しいルビです。そ

れぞれ単純に「風邪癒えてマックで軽き食事せり……」、「川端のぎろりとしたる眼を思う……」でいいのです。読者は、あなたが考えるほど無知ではないのです。

【総説と秀歌】

読みにくい文字に振り仮名を振った写本は、室町時代の頃から出現したようです。明治時代になると、例えば「盛《さか》んなるかな我国《わがくに》に物語《ものがたり》類《るゐ》の行《おこな》はるるや遠《とほ》くしては源氏《げんじ》狭衣《さごろも》浜《はま》松住吉《まつすみよし》あり降《くだ》りては一条禅閤《いちでうぜんかう》の戯作《げさく》類《るゐ》をはじめとして……」（坪内逍遥『小説神髄』）のように、全ての漢字にルビを付けることも行われました。これを〈総ルビ〉と言います。しかし、一般的には、

夜の帳《ちやう》にささめき尽きし星の今を下界《げかい》の人の鬢のほつれよ　与謝野晶子『みだれ髪』（明三四）

春の鳥な鳴きそ鳴きそあかあかと外《と》の面《も》の草に日の入る夕　北原白秋『桐の花』（大二）

ひた走るわが道《みち》暗ししんしんと堪《こら》へかねたるわが道くらし　斎藤茂吉『赤光』（大二）

このように、ところどころルビがあるのが普通でした。これを業界用語で〈ぱらルビ〉

と言います。ぱらぱらとルビがある、という意味でしょう。なお、石川啄木の『一握の砂』（明四三）や斎藤茂吉の『あらたま』（大一〇）など、たまに総ルビの歌集もあります。たぶん著者の意向ではなく、出版社の意向でそうなったのでしょう。

啄木の『一握の砂』の中に、「不来方《こずかた》のお城の草に寝ころびて／空に吸はれし／十五の心」という有名な歌があります（原文は総ルビですが、大部分は省略）。よく見ると「十《じ》五歳《ふご》の心」ではなく、単に「十五の心」です。これでいいわけです。昔の歌人は堂々としていました。

日夏耿之介は硬質な漢字を好んだ詩人で、例えば、

「瞳を瞰《み》れば／爛爛《らんらん》と光りかがやき火《も》え昌《さか》り／花いろの火焔《ほのほ》を散乱《ちら》す／（中略）儂《わし》はわが他人らとまたわが在国《くに》より旅立《かしまだ》ち／いまぞ寔《まこと》にわが故園に復帰《かへ》る」（詩集『黒衣聖母』所収、「道士月夜の旅」より）

というような詩を書きました。物々しい漢字を多用し、またルビによってそれらに和語の読みを与えるという力業《ちからわざ》を見せたのです。日夏耿之介は漢字フェチでした。

一方、池波正太郎も時代小説の会話の中で「大盗賊《おおもの》」「土地《ところ》」「長官《おかしら》」「幕府《こうぎ》」「連絡《つなぎ》」

「江戸城《おしろ》」「悪事《わるさ》」などの表記をしました。意味を明示しながら、会話の自然さを実現するために工夫したのだと思います。

私たちも、必要ならば日夏や池波の流儀を取り入れていいのですが、でも最初に見たような「亡母《はは》」「北岳《やま》」「病室《へや》」「紅梅《うめ》」「十五歳《じふご》」「箱根駅伝《えきでん》」などは単に音数合わせのために勝手なルビを付けているのだから情けないですね。日夏や池波は、別の目的でルビを用いたのです。

次の「ルビよろしき秀歌」は、適切なルビ、また創意工夫のあるルビが用いられた秀歌、の意です。

【ルビよろしき秀歌】

A　同宿《あひやど》に窪田通治の歌をめでて泣く人みたり浪速江の秋　与謝野鉄幹『紫』

B　かぎろひの夕月映《ゆふつくばえ》の下びにはすでに暮れたる木の群が見ゆ　北原白秋『白南風』

C　木曾山をくだりてくれば日は入りて余光《なごりのひかり》とほくもあるか　斎藤茂吉『暁紅』

D　白き霧木々に流れぬかの胸に柔稚乳《やはわかちち》も眠りたらむか　宮　柊二『群鶏』

E　灰色の雪のなかより訴ふるは夜を慰やされぬ灰娘《サンドリアン》のこゑ　中城ふみ子『乳房喪失』

F　カニューラを鼻にさし入れ昏昏と年を越えたる熟睡《ふかねむり》あはれ　竹山　広『千日千夜』

G　生《あ》るることなくて腐《く》えなん鴨卵《かりのこ》の無言の白のほの明りかも　馬場あき子『桜花伝承』

H　失踪の結末と言うな脱ぎ捨ててあるスリッパの緋の人魚印《マーメイド》　永田和宏『メビウスの地平』

I　口元の笑う遺影の拡大は無数の黒き点《ドット》がわらう　吉川宏志『海雨』

J　早朝に散《パギパギ》歩《ジヤランジヤラン》す南海の楽園といふ喩にだまされて　大松達知『フリカティブ』

第十八章

枕詞を生かす

次の十四首は、いずれも枕詞が用いられた歌です（出典は全て万葉集）。さてどれが枕詞でしょうか。わりに簡単な問題です。

①たまきはる宇智《うち》の大野に馬並《な》めて朝踏ますらむその草深野　中皇命《なかつすめらみこと》

②家にあれば笥《け》に盛る飯《いひ》を草枕旅にしあれば椎の葉に盛る　有間皇子

③あかねさす紫《むらさきの》　野行き標野《しめの》行き野守は見ずや君が袖振る　額田王

④紫草《むらさき》のにほへる妹《いも》を憎くあらば人妻ゆゑに吾《あれ》恋ひめやも　大海人皇子

⑤あしひきの山のしづくに妹《いも》待つと吾《あれ》立ち濡れぬ山のしづくに　大津皇子

⑥百伝《ももづた》ふ磐余《いはれ》の池に鳴く鴨を今日のみ見てや雲隠りなむ　大津皇子

⑦ささなみの志賀の唐崎幸《さき》くあれど大宮人の船待ちかねつ　柿本人麻呂

⑧玉藻《たまも》刈る敏馬《みぬめ》を過ぎて夏草の野島《のしま》の崎に船近づきぬ　柿本人麻呂

⑨飛ぶ鳥の明日香の里を置きて去《い》なば君が辺りは見えずかもあらむ　元明天皇

⑩うらさぶる心さまねしひさかたの天《あめ》のしぐれの流らふ見れば　長田王

⑪ぬばたまの夜《よ》のふけゆけば久木《ひさぎ》生ふる清き川原に千鳥しば鳴く　山部赤人

⑫愛《うつく》しき人のまきてししきたへの吾が手枕《たまくら》をまく人あらめや　大伴旅人
⑬かくのみや息づき居らむあらたまの来経《きへ》行く年の限り知らずて　山上憶良
⑭もののふの八十少女《やそをとめ》らが汲みまがふ寺井のうへの堅香子《かたかご》の花　大伴家持

【答と解説】

枕詞とは、大まかに言えば「ある特定の言葉に懸かる修飾語」のことです。例えば「あしひきの」は「山」に懸かる枕詞、また「ひさかたの」は「天《あめ》」「月」「日」などに懸かる枕詞です。そして、枕詞を受ける「山」「天《あめ》」「月」「日」などを被枕詞《ひまくらことば》といいます。

枕詞はだいたい五音で出来ていますが、時には「しらぬひ」（「筑紫」に懸かる枕詞）のように四音で出来ているものもあります。

枕詞の多くは万葉集より古い時代に発生し、一つ一つの枕詞の語義は明確でないものもあります。枕詞を用いる最大の目的は、〈歌の姿を整え、一首の音楽性を高める〉ことにあるようです。あまり細かい意味は気にしないで、自作で自由に枕詞を使ってみてください。

さて、答は次の通りです。このうち⑧の歌は、二つの枕詞を用いています。（カッコ内は、被枕詞）

①たまきはる（宇智）②草枕（旅）③あかねさす（紫）④紫草《むらさき》の（にほふ）⑤あしひきの（山）⑥百伝ふ（磐余《いはれ》）⑦ささなみの（志賀）⑧玉藻刈る（敏馬《みぬめ》）、夏草の（野島）⑨飛ぶ鳥の（明日香）⑩ひさかたの（天）⑪ぬばたまの（夜）⑫しきたへの（枕）⑬あらたまの（年）⑭もののふの（八十）。

以上、意外に簡単な問題だったでしょう。

では、もう一問。次の歌の中にある枕詞を探してください。全て古事記に出てくる歌謡です（読みやすくするために字アキを設けました）。答は一二八頁にあります。

イ、八雲立つ　出雲八重垣《やへがき》　妻籠みに　八重垣造る　その八重垣を　　須佐之男命

ロ、赤玉は　緒《を》さへ光れど　白玉の　君が装《よそひ》し　貴くありけり　　豊玉毘売命《とよたまびめのみこと》

ハ、沖つ鳥《とり》　鴨どく島に　わが率寝《ゐね》し　妹《いも》は忘れじ　世のことごとに　　火遠理命《ほをりのみこと》

ニ、さねさし　相模の小野に　燃ゆる火の　火中《ほなか》に立ちて　問ひし君はも　　倭建命

ホ、千葉《ちば》の　葛野《かづの》を見れば　百千《ももち》足る　家庭《やには》も見ゆ　国の秀《ほ》も見ゆ　　応神天皇

ヘ、梯立《はしたて》の　倉椅山《くらはしやま》を　嶮《さが》しみと　岩懸きかねて　我が手取らすも　　速総別王《はやぶさわけのおほきみ》

ト、埴生坂《はにふざか》　わが立ち見れば　陽炎《かぎろひ》の　燃ゆる家群《いへむら》　妻が家のあたり　　履中天皇

チ、愛《うるは》しと　さ寝《ね》しさ寝てば　刈薦《かりこも》の　乱れば乱れ　さ寝しさ寝てば　　木梨軽太子《きなしのかるのみこ》

リ、天飛《あまだ》む　軽嬢子《かるをとめ》　したたにも　寄り寝て通れ　軽嬢子ども

同右

【総説と秀歌】

枕詞は、古代に作り出され、普及してゆきました。大まかにいえば、枕詞の草創期の姿が古事記に見られ、枕詞の発達・完成の姿が万葉集に見られます。平安時代以降、枕詞は下火になりましたが、明治時代になって徐々に復活してきます。

ひさかたのアメリカ人《びと》のはじめにしベースボールは見れど飽かぬかも

正岡子規『竹乃里歌』

あらたまの年のはじめの七草を籠《こ》に植ゑて来し病めるわがため

同右

子規は積極的に枕詞を使いました。「ひさかたの」はふつう「天《あめ》」などに懸かりますが、それを「アメリカ人」に懸けたのは子規の遊びごころです。このように枕詞を本来と異なる言葉に冠《かん》することを枕詞の転用といいます。子規はほかに「飛ぶ鳥の」「さくくしろ」「神風や」「もみぢ葉の」「おしてるや」「ぬば玉の」「草枕」「うちひさす」「足引の」「菅《すが》の根の」など多くの枕詞を使っています。

不尽《ふじ》の山れいろうとしてひさかたの天《てん》の一方におはしけるかも　北原白秋『雲母集』

あかあかと一本《いっぽん》の道《みち》とほりたりたまきはる我《わ》が命《いのち》なりけり　斎藤茂吉『あらたま』

玉くしげ箱根の山に生ふるなる箱根竹はも刈ればまた生ふ　窪田空穂『濁れる川』

子規以後、枕詞を使う歌人が増えてこのような歌が詠まれました。前述のように、枕詞は〈歌の姿を整え、一首の音楽性を高める〉独特の働きがあることが納得されるでしょう。塚本邦雄も枕詞を愛用した人です。しかも転用の名人でした。次の四首で、枕詞と被枕詞はお分かりですか？

いふほどもなき夕映にあしひきの山川呉服店かがやきつ　塚本邦雄『詩歌変』

霰ふるころなりけるかあられふり金槐集を貸しうしなへり　同『不変律』

春の夜の夢ばかりなる枕頭にあっあかねさす召集令状　同『波瀾』

おしてるやなにはともあれ「月光の曲」を聴きつつ青色申告　同『魔王』

なお、広い視野で眺めた場合、日本語の中で枕詞はいわば「絶滅危惧種」のような言語です。それを生かすも殺すも歌人の意欲次第です。

【一二五頁の答】（カッコ内は、被枕詞）
イ、八雲立つ（出雲）ロ、白玉の（君）ハ、沖つ鳥《とり》（鴨）ニ、さねさし（相模）ホ、千葉《ちば》の（葛野《かづの》）へ、梯立《はしたて》の（倉椅山《くらはしやま》）ト、陽炎《かぎろひ》の（燃ゆ）チ、刈薦《かりこも》の（乱る）リ、天《あま》飛《だ》む（軽）。

【枕詞のある秀歌】

A　あぢさゐの藍《あゐ》のつゆけき花ありぬぬばたまの夜あかねさす昼　佐藤佐太郎『帰潮』

B　ぬばたまの黒羽蜻蛉《あきつ》は水の上母に見えねば告ぐることなし　斎藤　史『風に燃す』

C　たまきはるこれも命か土踏みて人を恐れぬ田がらすの群　安永蕗子『紅天』

D　草まくら旅ゆく吾に若葉なす言葉、月下の萬葉におう　佐佐木幸綱『夏の鏡』

E　かぎろひの夕刊紙には雄性《をす》の兇《まが》々としてサダム・フセイン　黒木三千代『クウェート』

F　うちひさす都のビルの八階を異物《こともの》のわれ影持たず行く　伊藤一彦『海号の歌』

G　大阪のたこやきなればともしびの明石の蛸をぶつ切りにする　池田はるみ『ガーゼ』

H　さにつらふ風の少女を紫雲英田《れんげだ》に置きてさびしき父の草笛　武下奈々子『樹の女』

I　あかねさす電視台《テレビ》が映す電影に燃やされていつ「日本の旗」は

J

梓弓三波春夫も祖父《おおちち》も抑留という時間納めき

谷岡亜紀『香港　雨の都』

梅内美華子『火太郎』

第十九章
数字で歌を生かす

次の十二首は、いずれも数字が用いられた歌です（出典は全て万葉集）。さて、□の中にどんな数字が入るのか、適当な数字を後ろの候補の中から選びなさい。同じ数字を二度使うこともあります。

①あをによし奈良の家には□代に我も通はむ忘ると思ふな　（80番）

②□人行けど行き過ぎがたき秋山をいかにか君が独り越ゆらむ　（106番）

③橘の蔭踏む道の□衢《ちまた》に物をそ思ふ妹《いも》に逢はずして　（125番）

④大君は神にし座《ま》せば雨雲の□重《へ》が下に隠りたまひぬ　（205番）

⑤磯の崎漕ぎ廻《た》み行けば近江《あふみ》の海《うみ》□の湊《みなと》に鶴さはに鳴く　（273番）

⑥かくのみにありけるものを妹《いも》も我も□年のごとく頼みたりけり　（470番）

⑦今夜《こよひ》の早く明けなばすべをなみ秋の□夜《よ》を願ひつるかも　（548番）

⑧恋草《こひくさ》を力《ちから》車《ぐるま》に□車積みて恋ふらく我が心から　（694番）

⑨うつせみの世やも□行く何すとか妹《いも》に逢はずて我が独り寝む　（733番）

⑩秋の野に咲きたる花を指《おゆび》折りかき数ふれば□種《くさ》の花　（1537番）

⑪春雨に衣はいたく通らめや□日し降らば□日来じとや　（1917番）

⑫海原を□島隠《しまがく》り来《き》ぬれども奈良の都は忘れかねつも　（3613番）

〔解答候補〕
二、七、八、八十《やそ》、百《もも》、五百《いほ》、千《ち》、万《よろづ》。

【答と解説】
万葉集の作品には、数字が意外によく詠み込まれています。次の長歌を見てください。

八千桙《やちほこ》の　神の御世より　百船《ももふね》の　泊つる泊《とまり》と　八島国《やしまくに》　百船人《ももふなびと》の　定めてし　敏馬《みぬめ》の浦は　朝風に　浦波騒《さわ》き　夕浪に　玉藻は来寄る　白沙《しらまなご》　清き浜辺は　往き還り　見れども飽かず　うべしこそ　見る人ごとに　語り継ぎ　思《しの》ひけらしき　百代《ももよ》歴《へ》て　思《しの》はえゆかむ　清き白浜

田辺福麿《たなべのさきまろ》という人の作った長歌です（1065番）。敏馬《みぬめ》の浦の美観を褒め称えた作品ですが、「八千、百、八、百、百」と数字が五回出てきます。偶然でなく、意識して数字を使っている感じですね。

また、人間のために肉や毛皮を、つまり命を奪われる鹿の痛みを述べた「乞食者《ほかいびと》」の長歌（3885番）があります。長いので引用できないのが残念ですが、その長歌にも「八《や》頭《つ》、八重畳《やへだたみ》、四月《うづき》、五月《さつき》、二つ、八《や》つ、八《や》つ、一つ、七重、八重」と次々に数字が出てきます。

万葉人はどうも数字が好きだったようです。長歌だけでなく、普通の歌にも数字がときどき登場します。

妹《いも》も我も一つなれかも三河なる二見の道ゆ別れかねつる
高市黒人（276番）

一二《いちに》の目　のみにはあらず　五六三《ごろくさん》　四《し》さへありけり　双六《すぐろく》の采《さえ》
長忌寸奥麻呂《ながのいみきおきまろ》（3827番）

前者は、明らかに「一、二、三」を言葉遊びふうに詠み込んでいます。後者は、サイコロの目を六つぜんぶ詠み込んで悦《えつ》に入っている歌です。

万葉人は、掛け算の九九を知っていました。次に挙げる歌（2710番）などからそれが分かります。

狗上之　鳥籠山尓　不知也《いさや》河　不知二五《いさ》寸許瀬《きこせ》　余名《わがな》告奈
（犬上の鳥籠《とこ》の山なるいさや川いさとを聞こせわが名告《の》らすな）

四句目の「二五」は、二×五＝十《とを》と読ませています。ほかの長歌（926番）の中に「朝狩尓　十六履起之　夕狩尓……」（朝狩に猪《しし》踏み起こし夕狩に……）という部分があります。これは、「十六」の所を「四×四」つまり「しし」と読ませているのです。九九を使って遊んでいるとも言えるでしょう。

このように数字を自由に操った万葉人の知的感覚が、練習問題の十二首の中にも息づいているわけです。正解は次の通りです。⑧⑨⑪など、しゃれた歌ですね。

①万代《よろづよ》②二人③八衢④五百重《いほへ》⑤八十《やそ》の湊⑥千年《ちとせ》⑦百夜《ももよ》⑧七車⑨二行《ふたゆ》く⑩七種《ななくさ》⑪七日、七日⑫八十《やそ》島

【総説と秀歌】

万葉人が、歌の中で数字を用いたのはなぜでしょうか。私なりにその理由を考えてみました。

イ、数が多いことを強調したい。
例「万代」「五百重」「八十の湊」「千年」など。
ロ、大きな数字を並べて歌の格調を高めたい。
例「八千桙《やちほこ》の　神の御世より　百船《ももふね》の　泊つる泊《とまり》と　八島国《やしまくに》　百船人《ももふなびと》の……」など。
ハ、歌に現実感（リアリティ）を与えたい。
例「うつせみの世やも二《ふた》行く何すとか妹《いも》に逢はずて我が独り寝む」など。これ名歌ですね。
ニ、数字で言葉遊びを楽しみたい。
例「妹《いも》も我も一つなれかも三河なる二見の道ゆ別れかねつる」など。むろんサイコロの歌も。

万葉の時代を過ぎると、数字が歌に登場する割合は低くなります。優美な歌を目指す場合、数字を使う必要は無くなるのでしょう。古今集や新古今集には、あまり数字入りの歌はないようです。近世の後期になって、

つきてみよ　一二三四五六七八《ひふみよいむなや》　九十《ここのとを》　十《とを》と納めてまた始まるを　良寛

こんな歌が作られました。数字が十一個も詠み込まれている点で、稀有な作品です。

髪《かみ》五尺ときなば水にやはらかき少女《をとめ》ごころは秘めて放たじ　『みだれ髪』

狂ひの子われに焔《ほのほ》の翅《はね》かろき百三十里あわただしの旅　同

ほととぎす嵯峨へは一里京へ三里水の清滝《きよたき》夜の明けやすき　同

くろ髪の千すぢの髪のみだれ髪かつおもひみだれおもひみだるる　同

夏のかぜ山よりきたり三百の牧《まき》の若馬《わかうま》耳ふかれけり　『舞姫』

産屋《うぶや》なるわが枕辺に白く立つ大逆《だいぎやく》囚《しう》の十一の柩　『青海波』

三千里わが恋人のかたはらに柳の絮《わた》の散る日に来《きた》る　『夏より秋へ』

近代短歌で、数字入り短歌をいちばん多く詠んだのは与謝野晶子でしょう。数字は、歌にロマンチックな雰囲気を与える働きと、また歌にリアリティを与える働きがありますが、晶子はその両面を意識しながら数字を用いているような気がします。

次の十首は、晶子より後の数字入り短歌です。それぞれ詠み込まれた数字が、独特の効果を生み出しています。

【数字のある秀歌】

A　かんがへて飲みはじめたる一合の二合の酒の夏のゆふぐれ　若山牧水『死か芸術か』

B　あかあかと紅葉《もみぢ》を焚きぬいにしへは三千の威儀おこなはれけむ　前川佐美雄『天平雲』

C　甘草《かんざう》のつむべき畦《あぜ》を見に出でて三月二十日山鳩を聞く　土屋文明『山下水』

D　くれなゐに山茶花咲けば十二月母七十九我れ五十三　宮柊二『藤棚の下の小室』

E　わが使ふ光と水と火の量の測られて届く紙片三枚　大西民子『雲の地図』

F　豪快に三時間昼寝したるのち潰れ大桃食べて又寝る　石川不二子『ゆきあひの空』

G　ここに死して三十七年沖縄の父の野ざらしへいま降りたてり　田村広志『旅の方位図』

H　石の下に眠るひとりと雑草を抜くひとりとがわれの二親　沖ななも『一粒』

I　化野の秋のひかりに石仏は千年を笑む　千年の笑み　桑原正紀『時のほとり』

J　七万人を殺しし一人、いちにんの竹山広を殺せざりけり　大口玲子『ひたかみ』

第二十章

大和言葉で詠まれた歌

次の十四首（出典はすべて『恋衣』）のうち、①は大和言葉だけで詠まれています。一方、②は「釈迦牟尼」「美男」が漢語ですから、大和言葉だけで詠まれた歌ではありません。これを参考に、③～⑭の中から、大和言葉だけで詠まれた歌を探してください。

①海恋し潮《しほ》の遠鳴りかぞへては少女《をとめ》となりし父母《ちちはは》の家　与謝野晶子

②鎌倉や御《み》仏《ほとけ》なれど釈迦牟尼は美男《びなん》におはす夏木立かな　同

③ほととぎす治《ち》承寿永《しやうじゆえい》のおん国母《こくも》三十にして経《きやう》よます寺　同

④髪に挿せばかくやくと射る夏の日や王者《わうしや》の花のこがねひぐるま　同

⑤花のあたりほそき滝する谷を見ぬ長谷の御寺の有明の月　同

⑥三井寺や葉わか楓《かへで》の木下《こした》みち石も啼くべき青あらしかな　同

⑦金色《こんじき》のちひさき鳥のかたちして銀杏ちるなり夕日の岡に　同

⑧鬼が栖むひがしの国へ春いなむ除目《ぢもく》に洩れし常陸ノ介と　同

⑨髪ながき少女《をとめ》とうまれしろ百合に額《ぬか》は伏せつつ君をこそ思へ　山川登美子

⑩わが息《いき》を芙蓉の風にたとへますな十三絃をひと息《いき》に切る　同

⑪われ病みぬふたりが恋ふる君ゆゑに姉をねたむと身をはかなむと　同

⑫それとなく紅き花みな友にゆづりそむきて泣きて忘れ草つむ　同
⑬地にわが影空《そら》に愁の雲のかげ鳩よいづこへ秋の日往ぬる　同
⑭あなかしこなみだのおくにひそませしいのちはつよき声にいらへぬ　同

【答と解説】

大和言葉というのは「日本固有の言葉」のことです。

まだ日本に文字の無かった古い時代、例えば「やま」という日本語がありました。日本人は中国から漢字を輸入しましたが、その時「山《サン》」という漢字が日本語の「やま」の意であることを知って、「山」の字を「①やま、②サン」と二通りに読むことにしました。①は訓読《くんよ》みで大和言葉をあらわし、②は音読《おんよ》みで、これは漢語をあらわします。音読みは、日本人が聞いた中国人の発音です。

もう一つ例を挙げましょう。「山脈」は、「①やまなみ、②サンミャク」という二つの読み方があります。①が大和言葉、②が漢語です。「大和言葉」は、簡略化して「和語《わご》」とも言います。

さて、③〜⑭までの歌の中にある漢語を取り出してみましょう。「なし」は、漢語ゼロです。

〔与謝野晶子〕…③治承、寿永、国母、三十。④かくやく（赫奕）、王者。⑤なし。⑥なし。⑦金色、銀杏。⑧除目。〔山川登美子〕…⑨なし。⑩芙蓉、十三絃。⑪なし。⑫なし。⑬地。⑭なし。

すなわち、大和言葉（和語）だけで出来ている歌は、⑤⑥⑨⑪⑫⑭です。晶子二首、登美子四首ですね。

さて万葉集では、和語・漢語はどのように用いられているでしょうか。有名な次の歌を見てください。

春過ぎて夏きたるらし白たへの衣干したり天《あめ》の香具山《かぐやま》　持統天皇（２８番）

わが背子を大和へやると小夜ふけて暁露《あかときつゆ》にわが立ち濡れし　大伯皇女（１０５番）

家にあれば笥《け》に盛る飯《いひ》を草まくら旅にしあれば椎の葉に盛る　有間皇子（１４２番）

近江《あふみ》の海《うみ》夕波千鳥汝《な》が鳴けば心もしのにいにしへ思ほゆ　柿本人麻呂（２６６番）

君待つとわが恋ひをればわが屋戸《やど》の簾《すだれ》動かし秋の風吹く　額田王（４８８番）

来《こ》むと言ふも来《こ》ぬ時あるを来《こ》じと言ふを来むとは待たじ来じと言ふものを　大伴坂上郎女（５２７番）

石走《いはばし》る垂水《たるみ》の上のさわらびの萌え出づる春になりにけるかも　志貴皇子（１４１８番）

君が行く道の長手《ながて》を繰り畳《たた》ね焼き滅ぼさむ天《あめ》の火もがも　狭野弟上娘子《さののちがみのをとめ》（3724番）

さあ漢語はどこにあるでしょう？　よく見ると、一つもありません。右の八首は和語だけで詠まれています。じつは、万葉集のほとんど全ての歌が和語だけで出来ているのです。（漢語の含まれている歌は、全体で十数首しかありません。それについては次回に触れます。）

【総説と秀歌】

ここで、和語と漢語の区別の仕方を勉強しましょう。

旧国名に、例えば「三河、尾張、伊勢、紀伊」があります。これらは、漢字で表記する以前からあった「みかは、をはり、いせ、きい」という国の名に対して、それぞれ適当な漢字を当てたものです。「三河・尾張」は漢字の訓読みで表記していますが、「伊勢・紀伊」は漢字の音読みで表記しています。では「伊勢・紀伊」は漢語かというと、そうではありません。表記法として仮に漢字の音読みを当てていても、これらは漢語ではなく、れっきとした和語なのです。このように、漢字本来の意味とは無関係に漢字の音《おん》を日本語に当てたものを「音仮名《おんがな》」と言います。

万葉集にある「香具山」などもその一例です。

もう少し和語・漢語について考えましょう。数をあらわす「一、二、三、四、五、六、七、八、九、十」という漢字があります。これを「イチ、ニ、サン、シ、ゴ、ロク、シチ、ハチ、ク、ジュウ」と読めば漢語です。

また、これを「ひとつ、ふたつ、みっつ、よっつ、いつつ、むっつ、ななつ、やっつ、ここのつ、とお」と読めば和語です。むろん「ひとつ、ふたつ、みつ、よつ、いつつ、むつ、ななつ、やつ、ここのつ、とを」も和語です。(念のためにいえば、「ひい、ふう、みい、よ、いつ、む、なな……」も和語です。)

与謝野晶子の歌にあった「三十」は、もし「みそ」と読むのなら和語ですが、ここでは「サンジュウ」と読みますから漢語です。

では「銀杏」は和語か漢語か? これは難問で私も分かりませんでした。そこで『新潮国語辞典』で調べました。この辞典は、見出し語を示す時、和語は平仮名で、また漢語(及び外来語)は片仮名で表記しています。

ひと【人】、ニンゲン【人間】、ジュウばこ【重箱】、キンペン【金ペン】

こんな具合です。非常に便利な辞典です。「銀杏」は、見出し語で「イチョウ」と表記されていますから、漢語ということになります。語釈を読むと、これを漢語と判定した根拠がきちんと説明されています。

万葉集から古今集、新古今集、そして近世和歌、明治の旧派和歌まで、歌はほとんど和語で詠まれてきました。歌に少しずつ漢語が入ってくるのは、明治三十年代、つまり新派和歌（＝近代短歌）の台頭期からでしょう。

次に、和語だけで詠まれた十首を抄出しました。これらの歌の、優しい、柔らかい、伸びやかな韻律は、和語の使用によるところ大であろうと思います。日本語のひびきを楽しむことができる歌、とも言えます。

【和語だけで詠まれた秀歌】

A　人も　馬も　道ゆきつかれ死にゝけり。旅寝かさなるほどのかそけさ

釈　迢空『海やまのあひだ』

B　遠い春湖《うみ》に沈みしみづからに祭の笛を吹いて逢ひにゆく

斎藤　史『魚歌』

C　真白羽を空につらねてしんしんと雪ふらしこよ天の鶴群

岡野弘彦『天の鶴群』

D　行きて負ふかなしみぞここ鳥髪《とりかみ》に雪降るさらば明日も降りなむ

山中智恵子『みずかありなむ』

E　たつぷりと真水を抱きてしづもれる昏き器を近江と言へり　河野裕子『桜森』

F　見つめゐて何のはづみか逸《そ》らしたるつかの間に消ゆ　ほたるほうたる　秋山佐和子『半夏生』

G　田の神をまねかむ匂ひそこはかと乳のにほひて山ざくら咲く　米田靖子『水ぢから』

H　消えのこる虹のむらさきわたしへの手紙が川をわたるころほひ　福井和子『花虻』

I　不逢恋《あはぬこひ》逢恋《あふこひ》逢恋《あふこひ》逢《あふて》不逢恋《あはぬこひ》ゆめゆめわれをゆめな忘れそ　紀野　恵『さやと戦げる玉の緒の』

J　はつゆきがはつゆきでなくなる朝の、やさしいひとがころんでしまう　笹井宏之『てんとろり』

第二十一章

漢語を生かした歌

次の十四首は、全て「朝日歌壇」掲載歌（平成二十四年七月二日）です。このうち、①には漢語が二回使われておらず、②には「主食」という漢語が二回使われています。以下の③〜⑭には漢語が使われているかどうか、検討してください。

①腸《わた》を抜き輪切りにしたり若鮎の背越しと言ふは刃の切れ味　（長野県）沓掛喜久男

②小麦粉と小麦粉主食と主食なれど焼きそばパンはなんて美味しい　（狭山市）小塩佐奈

③宅配の弁当屋さんは日替りの言の葉そえて惣菜手渡す　（福岡市）倉ノ前　松

④肥満せし寝たきり患者の足背《そくはい》の血管さがすエコーでひたすら　（平塚市）西　一村

⑤「メ」か「ハ」か貴方はどちらと思います？――原子力は人類カイ○ツ装置　（宮古市）金沢邦臣

⑥行く先ざき監視カメラに見張られて街より戻る夏のはじめに　（大阪市）関満恒子

⑦機の窓に随《つ》く月を見る長安の月が大和の月になるまで　（箕面市）大野美恵子

⑧海を圧し流れつづきて湾曲し潮目にしずみ河は終わりぬ　（沼津市）松下初恵

⑨銅版を燃やせば初夏の理科室にオーロラ色の炎ゆらめく　（富山市）松田梨子

⑩十二羽の鴨のたんじょう見届けて修学旅行に旅発つせいと　（半田市）依田良雄

⑪逃走する人間にみな親兄弟ありて心情思い切なし　（飯田市）草田礼子

⑫美しき鮎は風土記の昔より良き匂ひもてこの川上る　（日立市）加藤　宙

⑬甲板に礼装の兵並ばせてもG・W《ジョージ・ワシントン》は戦争の船　（横須賀市）梅田悦子

⑭この国はもっと小さくなってゆく誰も棲めない地域が増えて　（宇都宮市）渡辺玲子

【答と解説】

漢語は、前回説明したように、基本的に「漢字を音読みした言葉」のことです。例えば、「草原」という漢字を「くさはら」と読めば和語ですし、また「ソウゲン」と読めば漢語です。（ただし、「伊勢」や「香具山」のように、漢字の意味と無関係にその音《おん》だけを借りた表記があります。これを音仮名《おんがな》といいます。伊勢、香具山は和語です。）

さて、一首ずつ検討してゆきましょう。③は「宅配、弁当、惣菜」が漢語です。④は「肥満、患者、足背、血管」が漢語です。⑤は、珍しいクイズ形式の歌です。「原子力、人類、装置」が漢語。また、「カイ○ツ」の個所は「カイメツ、カイハツ」どちらにしても漢語ですね。

⑥は「監視」だけが漢語。⑦は「機、長安」が漢語です。以下、漢語を取り出すと、⑧は「湾曲」。⑨は「銅版、初夏、理科室」。⑩は「十二羽、たんじょう、修学旅行、せい

と」。⑪は「逃走、人間、兄弟、心情」。⑫は「風土記」のみ。⑬は「甲板、礼装、戦争」。⑭は「地域」。

結局①～⑭の歌のうち、和語だけで詠まれている歌は①の一首しかありません。それ以外の歌には、どれも漢語が入っています。日本語の中に漢語が多く入っていることは周知の事実ですが、今では短歌の中にも漢語が多く含まれていることが分かります。

万葉集ではどうなっていたでしょう。漢語の入った歌を挙げてみます。

a、相思はぬ人を思ふは大寺の餓鬼《がき》の後《しりへ》に額《ぬか》つくごとし　笠　郎女（608番）

b、一二《いちに》の目のみにはあらず　五六三《ごろくさむ》　四《し》さへありけり双六《すぐろく》の采《さえ》　長忌寸意吉麻呂《ながのいみきおきまろ》（3827番）

c、香《かう》塗れる塔《たふ》にな寄りそ川隈《かはくま》の屎鮒《くそぶな》食めるいたき女奴《めやつこ》　同右（3828番）

d、心をし無何有《むがう》の郷《さと》に置きてあらば藐孤射《まこや》の山を見まく近《ちか》けむ　作者不詳（3851番）

e、このころのわが恋力《こひぢから》記《しる》し集め功《くう》に申さば五位《ごゐ》の冠《かがふり》　作者不詳（3858番）

どれが漢語か、お分かりですか。a「餓鬼」、b「一、二、五、六、三、四」「采《さえ》」、c

「香《かう》」「塔」、d「無何有《むがう》」「藐孤射《まこや》」、e「功《くう》」「五位」が漢語です。(冠は、「かがふり、かんむり」どちらの読みも和語です。)

万葉には、ほかに「布施」(906番)「過所《くわそ》」(3754番)「力士舞《りきしまひ》」(3831番)「法師」(3846番)「檀越《だにをち》」(3847番)「波羅門《ばらもん》」(3856番)などの漢語がありま す。大半が仏教用語ですね。でも漢語が使われているのは、これら十数首に過ぎません。万葉集の歌は九九パーセント以上、和語で詠まれているのです。

【総説と秀歌】

万葉集から、古今集・新古今集などを経て、明治二十年代の旧派和歌の時代まで、歌はほとんど和語で詠まれました。しかし、稀に漢語を使用した歌が登場することがありました。例えば、和泉式部の歌。

和泉式部の歌の評釈書は数多くありますが、その中で最も新しく最も充実した本は、佐伯梅友・村上治・小松登美共著『和泉式部集全釈』〔正集篇〕〔続集篇〕(ともに笠間書院、平成二十四年刊)でしょう。その〔正集篇〕に、次のような歌が出てきます。

観身岸額離根草、論命江頭不繋舟

見る程は夢も頼まるはかなきはあるをあるとて過ぐすなりけり　(268番)

前書は『和漢朗詠集』雑部にある詩句（羅維の作）で、読み下せば「みを観ずれば岸のひたひに根をはなれたる草、命を論ずれば江のほとりにつながざる船」となります。これらの一字一字を、歌の初めに置いて詠んだ連作の第一首がこれです。

では「観」「れ」「れ」「る」「ろ」「れ」「り」「る」はどのように詠み込まれているでしょう？

観ずれば昔の罪を知るからになほ目の前に袖はぬれけり（270番）
例《れい》よりもうたて物こそ悲しけれ我が世の果てになりやしぬらむ（272番）
例よりも時雨れやすらむ神無月袖さへ通る心地こそすれ（285番）
瑠璃《るり》の地と人も見つべし我が床《とこ》は涙の玉と敷きに敷ければ（287番）
櫓《ろ》も押さで風に任するあま舟のいづれのかたに寄らむとすらむ（294番）
例ならず寝覚めせらるる頃ばかり空とぶ雁の一声もがな（296番）
龍胆《りんだう》の花とも人を見てしかなかれやは果つる霜がくれつつ（302番）
類《るい》よりも一人離れて知る人もなくなく越えむ死出の山道（308番）

ここに出てくる「観」「例」「瑠璃」「櫓」「類」などは、歌では余り使わない漢語です。

題詠ならぬ文字詠ですから、仕方なく詠み込んだわけです。和泉式部の苦しそうな顔が目に浮かびます。（のち、藤原定家が「伊呂波《いろは》四十七首」を詠んだ時も、やはりラ行音を読み込むのに苦労しています。）

現代は、和歌の時代に比べて、漢語を自由に使っています。漢語には、圧倒的な〈意味提示力〉や〈言葉のひびきの重量感〉〈インパクトの強さ〉〈歯切れの良さ〉などの特徴があると思います。

【漢語を生かした秀歌】

A　女犯戒《にょぼんかい》犯し果てけりこまごまとこの暁《あけ》ちかく雪つもる音　北原白秋『雀の卵』

B　須臾《しゅゆ》熄《や》まずこころ覚めゆくをさな児かけさは時計の音に耳すます　五島美代子『そらなり』

C　これやこの一期《いちご》のいのち炎《ほむら》立《だ》ちせよと迫りし吾妹《わぎも》よ吾妹　吉野秀雄『寒蟬集』

D　徐々徐々にこころになりしおもひ一つ自然在《しぜんざい》なる平和はあらず　宮　柊二『晩夏』

E　かきくらし雪ふりしきり降りしづみ我は真実を生きたかりけり　高安国世『Vorfrühling』

F　遠くよりさやぎて来たる悲しみといえども時に匕首《ひしゅ》の如しも　岡部桂一郎『緑の墓』

G　かへり来てたたみに坐る一塊の無明にとどく夜の光あり
安永蕗子『蝶紋』

H　死は蹣跚《まんさん》とわれのしりへをあゆみけり朝顔市に昼の燈《ひ》ともる
塚本邦雄『青き菊の主題』

I　二つ三つかみそりの傷ほの紅《あか》きわれはしづかな破戒僧なり
坂井修一『ラビュリントスの日々』

J　渺茫というほかはなき深みどりもうまもなくの冬を湛えて
俵　万智『かぜのてのひら』

第二十二章

外来語を生かした歌

次の十二首は、全て北原白秋歌集『桐の花』にある歌です。空欄□□の中には外来語が入ります。その外来語を後ろの【候補】の中から選びなさい。

①□□薄紫に咲きにけりはじめて心顫ひそめし日

②一匙《ひとさじ》の□□のにほひなつかしく訪《おとな》ふ身とは知らしたまはじ

③にほやかに□□の音は鳴りぬ君と歩みしあとの思ひ出

④病める児は□□を吹き夜に入りぬもろこし畑《ばた》の黄なる月の出

⑤韮崎の白き□□の駅標に薄日のしみて光るさみしさ

⑥□□とり白き□□をかけてましさみしき春の思ひ出のため

⑦あまつさへ□□かがやく畑遠く郵便脚夫疲れくる見ゆ

⑧夏はさびし□□に痺《しび》れゆくわがこころにも啼ける鈴虫

⑨いちはやく冬の□□をひきまはし銀座いそげばふる霙《みぞれ》かな

⑩みじめなるエレン夫人が職業《なりはひ》の□□の針にしみる雨かな

⑪つくづくと昼のつかれをうらがへしけふも□□を点《とも》すなりけり

⑫哀《かな》しければ君をこよなく打擲《ちやうちやく》すあまりに□□紅《あか》く恨めし

【候補】

エメラルド、キャベツ、ココア、コップ、コロロホルム、サフラン、アマリリス、サラダ、ソース、ダリア、トロムボーン、ハモニカ、ヒヤシンス、ペンキ、マント、ミシン、ラムプ。

【答と解説】

大正二年に刊行された『桐の花』は、外来語をたくさん取り入れた斬新な歌集です。北原白秋は、時代を先取りする若き歌人でした。外来語の使用率の高さは、群を抜いていました。では空欄を埋めてゆきましょう。

①はヒヤシンス、②はココア、③はトロムボーン、④はハモニカです。歌の内容と音数で答は直ぐ分かりますね。

⑤はペンキ。⑥は空欄が二つありますが、一つはサラダ、もう一つはソースです。⑦はキャベツ、⑧はコロロホルム、⑨はマントです。そして⑩はミシン、⑪はラムプ、最後の⑫はダリアです。

ところで、このほかにも『桐の花』にはたくさんの外来語が登場します。

あまりりす息もふかげに燃ゆるときふと唇《くちびる》はさしあてしかな
燕《つばめ》、燕、春のセエリーのいと赤きさくらんぼ啣《くは》え飛びさりにけり
なつかしき七月二日《ふつか》しみじみとメスのわが背《せ》に触れしその夏
ふくらなる羽毛襟巻《ボア》のにほひを新らしむ十一月の朝のあひびき
椿古聿嗅《チヨコレート》ぎて君待つ雪の夜は湯沸《サモワル》の湯気も静こころなし
ああ冬の夜ひとり汝がたく暖炉《ストーブ》の静こころなき吐息おぼゆる
四十路びと面《おも》さみしらに歩みよる二月の朝の泊芙藍《さふらん》の花
春はもや静こころなし歇私的里《ヒステリー》の人妻の面《かほ》のさみしきがほど
なまけものなまけてあればこおひいのゆるきゆげさへもたへがたきかな
驚きて猫の熟視《みつ》むる赤トマトわが投げつけしその赤トマト
十一月は冬の初めてきたるとき故国《くに》の朱欒《ザボン》の黄にみのるとき

白秋がハイカラな青年だったことが、外来語の多用から分かります。白秋の心は西洋文明に向いていていました。

表記は、片かなで「セエリー」（シェリーのこと）「メス」と書いたり、平がなで「あまりりす」「こおひい」と書いたり、あるいは「羽毛襟巻《ボア》」「楂古聿《チヨコレート》」「湯沸《サモワル》」「歇私的里《ヒステリー》」と漢字で表記して読みをルビであらわす、という丁寧な方法もありました。外来語を受け入れる際、今はだいたい片かな表記で済ませますが、明治のころは表記に工夫をこらしたことが分かります。

【総説と秀歌】

例えば「なでしこジャパンが、オリンピックで銅メダルを獲得した」という文章があります。「銅」「獲得」は漢語で、「ジャパン」「オリンピック」「メダル」は外来語、それ以外の「なでしこ」「が」「で」「を」「した」は和語です。近年の日本語はこのように漢語、外来語、和語の組合せで出来ていることが多く、しかも外来語の進出が勢いを増しています。外来語の使用頻度は、外国の新しい文明・文物への関心の強さに比例すると言っていいでしょう。短歌に外来語が詠み込まれたのはいつごろでしょうか。

いたづらにわが身フルゴロオトガラス水に虫ある事も知らずて　大隈言道『戊午集』

いるさけのかぎり見えたるふらすこに人のいのちもかなしかりけり　同『今橋集』

言道は幕末の歌人です。それぞれ「顕微鏡」「ふらすこ」という題で詠んだ歌です。外来語が歌に登場したのは、これが最初かもしれません。一首目、フルゴロオトガラスはオランダ語で顕微鏡のこと。「フル」に「経る」を懸けています。二首目は「フラスコに入っている酒も残り少なくなり、人の一生が見えるようで悲しい」の意。

明治になると、正岡子規が歌の革新をはかり、外来語も自由に取り入れて歌を詠みました。

久方のアメリカ人《びと》のはじめにしベースボールは見れど飽かぬかも
足たたば新高山《にひたかやま》の山もとにいほり結びてバナナ植ゑましを
冬ごもる病の床のガラス戸の曇りぬぐへば足袋《たび》干せる見ゆ
ビードロの駕《かご》をつくりて雪つもる白銀《しろがね》の野を行かんとぞ思ふ
カナリヤのつがひは逃げしとやの内に鶸《ひは》のつがひを飼へど子生まず

このほかシャツ、テーブル、ブリキ、ランプ、ルビー、トパッツ（トパーズ）などの外来語を積極的に詠み込んでいます。子規は好奇心の強い人だったのです。

斎藤茂吉の『赤光』は、『桐の花』と同じ時期の歌集ですが、外来語はきわめて少なく、出てくるのはランプ、トロッコ、コスモス、ペリカン、耶蘇《やそ》、じやけつ、ダアリアぐらいです。ほかに、原語でPaederastie（男色の意）が出てきます。しかし、トマトは赤茄子と言っています。

言道→子規という外来語使用の系譜は、茂吉でなく白秋が受け継いだようです。現在は、歌の中で外来語がさかんに使われています。それは、現代日本語の中に外来語が氾濫していることの直接的な反映だと思われます。

【外来語を生かした秀歌】

A　そら豆の殼一せいに鳴る夕母につながるわれのソネット
寺山修司『空には本』

B　コバルトに灼きしゆゑ咽をつよく射すいちごの酸味りんごの甘味　春日井 建『井泉』

C　ナース・ログと呼ぶ朽ちながら森林を癒し養う風倒木のこと
田村広志『旅のことぶれ』

D　「虹が出てる」母に電話し飛び出せば天のティアラの両脚の虹
藤岡成子『白鳥よ』

E　女らは中庭《パティオ》につどひ風に告ぐ鳥籠のなかの情事のことなど
栗木京子『中庭《パティオ》』

F　聴きとむる幾人ありや水張田へ降りこぼすこゑ雲雀のアリア
久我田鶴子『雨の葛籠《つづら》』

G　ゴーグルとパラシュートのみの装備なり機の振動は素足に伝ひて

都築直子『青層圏』

H　天使にはできないことをした後で音を重ねて引くプルリング

穂村　弘『ドライ　ドライ　アイス』

I　父とゆく台北や佳し　啤酒《ピーヂウ》啤酒《ピーヂウ》　再来一瓶《ツァイライイーピン》　再来両瓶《ツァイライリャンピン》

大松達知『アスタリスク』

J　約束は嘘だつていい冷凍庫の中で霜まみれのルームキー

山田　航『さよならバグ・チルドレン』

第二十三章

高野短歌塾・卒業試験

次の問題を解いてみてください。全て正解すれば一〇〇点ですが、八〇点以上出来れば十分です。

【問題一】次の歌を新仮名づかいに書き換えなさい。

〔例題〕みだれごこちまどひごこちぞ頻《しきり》なる百合ふむ神に乳《ちち》おほひあへず　（与謝野晶子）

〔解答〕みだれごこちまどいごこちぞ頻《しきり》なる百合ふむ神に乳《ちち》おおいあえず

①藻の花のしろきを摘むと山みづに文《ふみ》がら濡《ひ》ぢぬうすものの袖　（与謝野晶子）

②くろ髪の千すぢの髪のみだれ髪かつおもひみだれおもひみだるる　（同）

③くれなゐの蝶のにほひに猶も似る有りて年ふるわが恋ごろも　（山川登美子）

④似つかしと思ひしまでよ菖蒲《あやめ》きり池のみぎはを南せし人　（茅野雅子）

⑤ひときれのあやにかがよふ夕雲をせまれる屋根のあひだに見たり　（三ヶ島葭子）

【問題二】次の歌を旧仮名づかいに書き換えなさい。

〔例題〕われ歌をうたえりきょうも故わかぬかなしみどもにうち追われつつ　（若山牧水）

〔解答〕われ歌をうたへりけふも故わかぬかなしみどもにうち追はれつつ

①鳴《なき》しきる池の蛙のもろ声もとおくおぼえてねぶき夜半かな　（樋口一葉）

②うつつなく消えてもゆかむわかき子のもだえのはての歌ききたまえ　（山川登美子）

③しずかなる病の床にいつわらぬ我なるものを神と知るかな　（同）

④白鳥は哀しからずや空の青海のあおにも染まずただよう　（若山牧水）

⑤ゆくものは逝きてしずけしこの夕べ土用蜆の汁すいにけり　（古泉千樫）

【問題三】 次の歌の傍線部分の読み方を書きなさい。

〔例題〕虎杖のわかきをひと夜塩に漬《つ》けてあくる朝食ふ熱き飯《めし》にそへ　（若山牧水）

〔解答〕いたどり

①のぼり来し比叡《ひえい》の山の雲にぬれて馬酔木の花は咲きさかりけり　（斎藤茂吉）

②巻きなだりいやつぎつぎに重《し》き層《かさ》む波の穂冥《くら》し海豹の顔　（北原白秋）

③幸福は瞬間でよし蒲公英の冠毛《くわんもう》が五月の庭を飛びゆく　（結城哀草果）

④窓べには仙人掌の花日覆《ひおほひ》のだんだら縞やわが夏帽子　（斎藤　史）

⑤竹群に朝の百舌鳴きいのち深し厨にしろく冬の塩　（宮　柊二）

⑥柘榴はも太り色づき女運よくもあらざるものと吾が棲む　（馬場あき子）

【問題四】次の歌にはそれぞれ不適切なルビ（振り仮名）があります。その部分を抜き出しなさい。

〔例題〕亡夫《つま》と植ゑし白梅の木の枝々にふくらむ莟《つぼみ》けふも来て見る

〔解答〕亡夫《つま》

①畦草《くさ》刈りて憩ふ昼餉《ひるげ》のそよ風に穂ばらみ初めし稲穂のさやぐ

②意識なき老母《はは》との別れおそれつつその手摩《さす》れば指の動けり

③破産して失意の父が腕《うで》を組み青田の白鷺《さぎ》をじつと見てゐし

④溝蓋《みぞぶた》を鍵盤のごと踏み鳴らし桜花《はな》の路地より軽トラ出で来

⑤透くこゑが病室《へや》に届きてきたりけり近くの森に鳴く四十雀《しじふから》

⑥初恋《こひ》に揺れ故郷を捨てし遠き日のショパンを聴かむ秋冷《しうれい》の午後

【問題五】次の歌にはそれぞれ語法の誤りがあります。その箇所を指摘し、正しい言い方を書きなさい。

〔例題〕もみ袋重く疲れど収穫のよろこびありて為せる稲刈り

〔解答〕疲れど→疲るれど

①ひがんばな盛りの棚田に立つる妻仕事をこなし四季を愛する

②未経験の一日ひとひを究めつつ生かされ迎ふ老いを楽しむ
③空に這いくねりつつ消ゆ花火見ゆ原発逃れ逝きし人かも
④亡き父の夕餉に供ふ筑前煮「おいしいですか」ビールも添へて
⑤誰も見ぬ茗荷の花の憐れさは草葉にまぎれいつしか果てり

【問題六】 次の歌はそれぞれ一箇所、漢字で書くべきところを平仮名で表記した箇所があります。その部分を漢字に書き直しなさい。

〔例題〕春の鳥な鳴きそ鳴きそあかあかと外《と》の面《も》のくさに日の入る夕　（北原白秋）
〔解答〕春の鳥な鳴きそ鳴きそあかあかと外《と》の面《も》の草に日の入る夕

①やは肌のあつき血汐にふれも見でさびしからずや道をとく君　（与謝野晶子）
②草づたふ朝の螢よみじかかるわれのいのちをしなしむなゆめ　（斎藤茂吉）
③ながき夜の　ねむりの後も、なほよなる　月おし照れり。河原菅原　（釈　迢空）
④ねもごろに打ち見仰げばさくら花つめたくぬかに散り沁みにけり　（岡本かの子）
⑤キリストのいきをりし世を思はしめ無花果《いちじく》の葉に蠅が群れゐる　（佐藤佐太郎）

【問題七】 次の歌はいずれもよく知られた作品です。□□の中に入る言葉を書きなさい。

〔例題〕湧きいづる□□の水の盛りあがりくづるとすれやなほ盛りあがる　（窪田空穂）

〔解答〕泉

①あかあかと一本《いっぽん》の道とほりたりたまきはる我《わ》が□□なりけり　（斎藤茂吉）

②手にとれば桐の反射の薄青き□□こそ泣かまほしけれ　（北原白秋）

③白きうさぎ□□の山より出でて来て殺されたれば眼《め》を開き居り　（斎藤　史）

④つらなめて□□ゆきにけりそのこゑのはろばろしさに心は揺ぐ　（宮　柊二）

⑤□□忌の無人郵便局灼けて頼信紙のうすみどりの格子　（塚本邦雄）

⑥ちる花はかずかぎりなしことごとく□□をひきて谷にゆくかも　（上田三四二）

⑦暗道《くらみち》のわれの歩みにまつはれる□□ありわれはいかなる河か　（前　登志夫）

⑧植えざれば耕さざれば生まざれば□□のみの命もつなり　（馬場あき子）

⑨□□肌だったたっけ若草の妻ときめてたかもしれぬ掌《て》は　（佐佐木幸綱）

⑩たつぷりと真水を抱きてしづもれる昏き□□を近江と言へり　（河野裕子）

●正解

【問題二】各2点（計10点）

①藻の花のしろきを摘むと山みずに文《ふみ》がら濡《ひ》じぬうすものの袖　②くろ髪の千すじの髪の

みだれ髪かつおもいみだれおもいみだるる　③くれないの蝶のにおいに猶も似る有りて年ふるわが恋ごろも　④似つかしと思いしまでよ菖蒲《あやめ》きり池のみぎわを南せし人　⑤ひときれのあやにかがよう夕雲をせまれる屋根のあいだに見たり

【問題二】各2点（計10点）

①鳴《なき》しきる池の蛙のもろ声もとほくおぼえてねぶき夜半かな　②うつつなく消えてもゆかむわかき子のもだえのはての歌きたまへ　③しづかなる病の床にいつはらぬ我なるものを神と知るかな　④白鳥は哀しからずや空の青海のあをにも染まずただよふ　⑤ゆくものは逝きてしづけしこの夕べ土用蜆の汁すひにけり

【問題三】各3点（計18点）

①あしび　②あざらし　③たんぽぽ　④さぼてん　⑤もず　⑥ざくろ

【問題四】各2点（計12点）

①畦草《くさ》　②老母《はは》　③白鷺《さぎ》　④桜花《はな》　⑤病室《へや》　⑥初恋《こひ》

【問題五】各2点（計10点）

①立つる→立てる　②迎ふ→迎ふる　③消ゆ→消ゆる　④供ふ→供ふる　⑤果てり→果てぬ

【問題六】各2点（計10点）

①道をとく↓道を説く　②しなしむな↓死なしむな　③なほよなる↓なほ夜なる　④ぬかに↓額に　⑤いきをりし↓生きをりし

【問題七】各3点（計30点）

①命　②新聞紙　③雪　④雁　⑤カフカ　⑥光　⑦螢　⑧見つくす　⑨なめらかな　⑩器

●《付記》

以上、どれぐらい出来ましたか？　点数を計算してみてください。八〇点以上お出来になれば、高野短歌塾はらくらく卒業です。

最終章

推敲は、仕上げ&創作

推敲する人、しない人

歌は、自分の思ったこと、感じたことをそのまま詠めばいい、とよく言われます。そのように詠んだ歌が、きちんとした秀歌になっている、という場合もたまにはあるでしょうが、でも出来た歌はおおかた平凡であったり、意味が分かりにくかったり、また表現に欠点があったりするものです。

作ったあと、かならず歌を見直して欠点があれば直し、あるいは歌としてレベルが低ければ内容を変えてゆく。そういう作業が必要です。

世の中には何事にも無頓着、とにかく歌を作るだけ、という人たちがいます。新聞歌壇の選をしていると、投稿者の中で、いつもたくさんの歌を送ってくる作者を見かけます。毎週十首、二十首と歌を作り、あまり見直しもせず、すぐ葉書に書いて投函する。そういう人の歌は、だいたい平凡な歌、あるいは粗雑な歌です。作者は「下手な鉄砲、数打ちゃ当たる」と考えてどんどん作るのかもしれませんが、実際は「下手な鉄砲、数打ちゃハズレ。打てば打つほど、皆ハズレ」なのです。毎週二首か三首ていど投稿する人のほうがよく入選します。作った歌を推敲《すいこう》するかどうか、それが大きな分かれ目です。

改めて言うまでもありませんが、推敲とは「自分の作品を練り直して、良い作品にすること」です。昔、唐の詩人・賈島《かとう》が自作の詩の一部を「僧は推《お》す月下の門」とするか「僧は敲《たた》く月下の門」とするか、迷って韓愈《かんゆ》に訊ねたという故事から、「推敲」という言葉が生まれました。

推敲に似た言葉で、添削《てんさく》というのがあります。添削とは「他人の作品を手直しして、良い作品にすること」です。（「添」は言葉を添えること、「削」は言葉を削ること。）

推敲と添削を混同しないでください。自分の作品を自分の手で直してゆくのが推敲です。

どう推敲したか。与謝野晶子、小野茂樹の場合

では、推敲の実例を見てゆきましょう。推敲によっていかに歌の内容が高まったか、それを実際の例で見てゆきます。初めは与謝野晶子の推敲例です。

若ければふらんすに来て心酔《ゑ》ふ野辺の雛罌粟《ここりこ》町の雛罌粟《ここりこ》（原作）

作品が最初に掲載された新聞・雑誌を「初出誌（紙）」と言います。そして、その時の歌の形を「初出」といいます。この歌は明治四五年六月二六日の「東京朝日新聞」に発表され、その時は右のような形でした。

この歌はのちに歌集『夏より秋へ』（大正三年）に収められましたが、歌は次のように推敲されました。

ああ皐月《さつき》仏蘭西《ふらんす》の野は火の色す君も雛罌粟《コクリコ》われも雛罌粟《コクリコ》（改作）

原作は、「自分はまだ若いので、フランスに来て何を見ても心が酔ってしまう。野辺に咲くココリコも町に咲くココリコもなんと美しいことか」という意味の歌で、気持ちは高揚しているのですが、作品としては事柄を漠然と述べただけで、平凡な歌ですね。

改作は、もっと描写の要素を強くして、「季節は五月、場所はここフランスの広い野原。君と一緒に野原に来ると、いちめんにコクリコが咲き広がり、まるで火の色のよう。コクリコの花の中に紛れ込んで、君も私もまるでコクリコの花になってしまったかのよう」という、印象鮮明かつ浪漫的な歌に仕上げられています。「君」は中年（三九歳）の夫・与謝野鉄幹のことですが、歌はまるで若い恋人同士がたわむれ合っているかのような印象を与えます。

あの夏の数かぎりなくそしてまたたつた一つの表情に死なむ（原作）

あの夏の数かぎりなきそしてまたたつた一つの表情をせよ（改作）

若くして亡くなった小野茂樹の歌で、これは有名な代表作です。原作は「あの夏の、数かぎりなく、そしてまたたった一つの表情で（○○は）死ぬだろう」という意味です。「死なむ」の主語は明示されていません。「彼女は死ぬだろう」なのか、または「私は死ぬだろう」なのか。どちらとも決めかねます。いずれにせよ、これは独白《どくはく》（ひとりごと）の歌です。

改作は「（恋人よ）あの夏の、数かぎりない、そしてまたたった一つの表情をせよ」という意味になります。独白だった歌を、呼び掛けの歌に転換したのです。主語の問題はおのずから解消しています。まっすぐ相手に向かって投げかけた愛の言葉が、すなわち改作なのです。推敲によって歌の曖昧性が消え、高らかな青春の歌に変身しました。

小説の推敲の一例

ところで推敲は詩歌だけでなく、小説の場合も行われます。一例として芥川龍之介の名作「羅生門」を見ておきましょう。ご存じのように、平安末期の荒廃した京都が舞台で、仕事を失った下人《げにん》が、羅生門の楼上で死体から髪の毛を抜き取っている老婆を蹴倒し、その衣服を剝ぎ取って、立ち去る話です。小説の最後は次のようになっています。

「暫《しばらく》、死んだやうに倒れてゐた老婆が、死骸の中から、その裸の体を起したのは、それから間もなくの事である。老婆はつぶやくやうな、うめくやうな声を立てながら、まだ燃えてゐる火の光をたよりに、梯子の口まで、這つて行つた。さうして、そこから、短い白髪《しらが》を倒《さかさま》にして、門の下を覗きこんだ。外には、唯、黒洞々《こくとうとう》たる夜があるばかりである。

下人は、既に、雨を冒して、京都の町へ強盗を働きに急いでゐた。」

初出（大正4年「帝国文学」）では、小説は右のように終わっていました。二年後（大正6年）これを単行本に収める時、芥川は最後の「下人は、既に、雨を冒して、京都の町へ強盗を働きに急いでゐた。」の部分を、

「下人の行方は誰も知らない。」

と、きわめて簡潔な表現に変えました。原作では、最後に下人の様子がえがかれていまし

たが、改作では細部は省略され、死体や老婆や下人を呑み込んだ巨大な京都の暗闇がクローズアップされています。こちらの方がスケールが大きく、迫力がありますね。

松尾芭蕉の推敲

詩歌のほうに戻って、俳句の例を見ましょう。松尾芭蕉『奥の細道』は、推敲例の跡をたどるには格好の俳句がいくつもあります。まず原作を挙げ、そのあと改作を示します。

あなたふと木の下闇も日の光（原作）
あらたふと青葉若葉の日の光（改作）

日光で詠んだ句です。日光には、徳川家康を祀る東照宮があります。「あなたふと」「あらたふと」はともに「ああ尊いことだ」の意。原作は、家康公の遺徳が及んで、木下の闇も日光が差し込んで明るい、と家康をあからさまに讃えた観念的な句です。

改作は、いま初夏の光があまねく照らして一山《いちざん》の青葉若葉がきらきら輝いている、という美しい風景画に変身しています。見事な推敲です。

五月雨や年々《としどし》ふるも五百たび（原作）
五月雨の降りのこしてや光堂（改作）

平泉で光堂を見ての作です。原作の「ふる」は「降る」と「経る」の懸詞。「五月雨は年々降って、経ること五百年を重ねた」という意味で、光堂が建てられてから五百年の歴史を刻んだことを、言葉の語呂合わせによって褒め称えただけの句です。

改作は、語呂合わせを捨て去り、「五月雨がここだけ降り残したかのように、古びず、光り輝いている光堂よ」と、光堂の美しさをえがき出しています。いうまでもなく、こちらのほうが原作より圧倒的に優れています。

山寺や岩にしみつく蝉の声（原作）
閑さや岩にしみ入る蝉の声（改作）

「岩にしみつく」は、こなれない表現で、「岩にしみ入る」のほうが断然いい。改作は、「山寺や」を消したことで場所が不明になりましたが、代りに「閑さや」で、蝉の声が吸い取られるような深い静寂が浮かび上がってきます。

五月雨を集めて涼し最上川（原作）
五月雨を集めて早し最上川（改作）

原作は「涼し」で最上川を褒め、地元の人々への挨拶としています。改作は、最上川の水勢の激しさを言うことで、その大河ぶりをえがき出しています。挨拶の句だったものを、力強い描写の句に変えたのです。

「挨拶から描写へ」というのが芭蕉の推敲の根本理念だったようです。

白秋の推敲

いったん作った作品をあとで大きく変える癖のある人のことを「推敲魔」と呼ぶことがあります。芭蕉は明らかに推敲魔ですが、ほかにもいます。北原白秋がその一人です。白秋は雑誌などに発表した作品を歌集に収める場合、しばしば大幅な推敲を加えました。その推敲例を第一歌集『桐の花』からピックアップしてみましょう。

ヒヤシンス薄紫に咲きにけりはじめてkiss《キス》をおぼえそめし日（原作）
ヒヤシンス薄紫に咲きにけりはじめて心顫ひそめし日（改作）

性的なことを詠んだ歌です。原作ではストレートに「kiss《キス》」という言葉を用いていました。その生々しい言葉を消して、改作では異性への思慕を歌のテーマにしました。やや大人しい歌になった代わりに、異性にあこがれる繊細な心のふるえをえがいたみずみずしい青春歌になっていると思います。

かくまでも黒くかなしき色やあるわが歌女《うたひめ》の倦みつる瞳（原作）
かくまでも黒くかなしき色やあるわが思ふひとの春のまなざし（改作）

「歌女《うたひめ》」は「ウタ・ヒメ」ではなく「ウタイ・メ」です。一般に芸妓とも言います。宴席に出て、音曲や踊りで客を楽しませる女性のことです。気だるそうなその黒い瞳が魅力的だというのが原作で、改作では女性を恋人に変えています。恋愛歌への見事な変換です。「推敲は単なる歌の仕上げではなく、創作である」ということを如実に物語る例といえるでしょう。

廃れたる園に踏み入る哀愁《かなしみ》はなほしめやかに優《やさ》しけれども（原作）
廃れたる園に踏み入りたんぽぽの白きを踏めば春たけにける（改作）

原作は、気持ちのモヤモヤを未整理のまま詠んでいます。改作は、方針を変えて実際の行動をリアルに詠んでいます。気分先行の歌を、具体的な写実の歌にレベルアップした例です。しかも原作の哀愁や倦怠感は、推敲後も歌の底に靄のように漂っています。

クリスチナ・ロセチがごともいと親《した》し秋のはじめの母の横顔（原作）

クリスチナ・ロセチが頭巾かぶせまし秋のはじめの母の横顔（改作）

母の横顔と、イギリスの抒情詩人ロセチ（今はロセッティと書くのが普通）を比べた歌です。原作は、二人の横顔が共に親しみ深い、と言っているだけで、あまりピンと来ません。改作は「ロセチの頭巾をかぶせてみたい」と言っているので、イメージが浮かびやすくなっています。当時、頭巾をかぶったロセチの写真が日本でよく見られたのでしょう。頭巾をかぶったロセチと、同じ頭巾をかぶった母が、いわば二重写しに浮かび上がってきます。

宮柊二の推敲

次は、宮柊二歌集『群鶏』の推敲例を見ることにします。柊二は白秋の弟子ですが、やはりかなりの推敲魔でした。

闇にゐて目透《ますか》す眼には黒ぐろと川の面にたつうねり波見ゆ（原作）
雪の上《へ》ゆ目透《ますか》す眼には夜《よ》の川のおもてふくるるうねり波見ゆ（改作）

郷里越後の魚野川を詠んだ歌です。どちらも写実に徹していますが、原作に無かった「雪」「夜」「ふくるる」を入れることで、改作はいっそう綿密強固な写実の歌となりました。

消ぬべくしわれは思ほゆまなかひに百済ぼとけのぞ立ちたまひけれ（原作1）
澡瓶《つぼ》提げてたたすほとけの胸肌《むなはだ》の匂はしき線は下肢にながれつ（原作2）
澡瓶《つぼ》提げてたたすほとけの胸肌《むなはだ》の二つ隆起よわれは消《け》ぬべう（改作）

これは法隆寺・百済《くだら》観音を詠んだ作。原作1は「私は、消え去るべき存在のように思えてくる。眼交《まなかい》に百済ぼとけがお立ちになっていて、そのお姿が余りに尊いので」の意。また原作2は「澡瓶《つぼ》を提げてお立ちになっているほとけの、その胸肌の匂いやかな線は下肢に美しく流れている」の意。

改作は二つの歌を合わせ、無駄な部分を削除しています。歌意は「澡瓶を提げてお立ちになっているほとけの、その胸肌のほのかな二つの隆起よ。それを見ていると私は消え去るべき者のように思えてくる。余りにも尊く、また官能的なので」。二首を合体させ、秀歌一首に仕上げた珍しい例です。「二つ隆起」という思い切った表現が、歌に官能性を付与しています。

推敲は自由に

これまでいろんな作者の推敲例を見てきました。それぞれの作者がいかに工夫をこらして作品の質を高めようとしたか、お分かりいただけたのではないかと思います。

最後に「他人の歌を、高野が自由に直してみたもの」をご覧に入れます。「もし私がこの歌の作者なら、こう直したい」と、自由気ままに「推敲」してみたのです。(むろん、ふだんは他人の歌をこんなに勝手に添削したりしません。念のため)

明け方の高速道路の高架下に「春の小川」のハモニカ聞こゆ(原作)

明け方の高速道路の高架下に「月の砂漠」のオカリナ聞こゆ(改作)

原作はなかなかいい歌なので、とくに直す必要はありません。ただ、原作は事実に即して詠まれたものと思われますが、曲名と楽器は別のものに変えても成り立ちます。そこで、試しに「春の小川」を「月の砂漠」に変え、ハモニカをオカリナに変えてみました。歌の雰囲気がだいぶ変わりましたね。こう直さなければいけない、というのではなく、こう直してもいい、という例です。

買い物の予定いっぱい書き込んでそのメモ忘れ買い物に出る（原作）
買い物のメモを忘れてスーパーをさまよいおれば茗荷《みょうが》待ちおり（改作）

原作は、せっかくのメモを忘れて買い物に出てきてしまった、その口惜しさを詠んだちょっとユーモラスな歌です。買いたいものの一つにミョウガがあった、ということを歌の中に入れたのが改作です。「スーパー」という語で、作者の今いる位置も分かるようにしました。

砂浜に立ちて見てゐる八月の海、帆船の一つ遠ざかる（原作）
ひるがほの傍で見てゐる八月の海、帆船の一つ消しゆく（改作）

八月の海の彼方へ遠ざかる一つの帆船を砂浜に立って見ている、という歌です。原作はこのままでは少し物足りないので、改作はヒルガオを入れました。そして「帆船が海の彼方へ遠ざかる」というのを「海が帆船の姿を消してゆく」という表現に変えました。これで印象鮮やかな歌になったと思います。

筋肉の骨格しなふ、軋る、反る声なく見入る内村航平（原作）

筋肉の骨格撓ふ、軋る、反る、澄みて下り立つ内村航平（改作）

体操の内村航平選手の動きを詠んだシャープな歌です。原作のままでも十分いい歌ですが、「声なく見入る」は技に感嘆して声が出ない、という褒め言葉です。改作は、褒めるよりも内村選手の動きを徹底的に描写しようという考えのもとに、最後の着地の様子を「澄みて下り立つ」と表現したのです。対象を見ている時の自分の気持ちを表面に出さず、対象そのものの特徴に迫ろうとする行き方です。

推敲は大切な作業であり、そして推敲の仕方は全く自由です。推敲は仕上げであると同時に、また創作でもあるのです。

あとがき

短歌の入門書ふうなものを連載で書いてみませんか、と「歌壇」編集長の奥田洋子さんから言われたのは、平成二十二年のことだった。今まで短歌入門書は数多く刊行されているから、これは難しい仕事だなと思ったけれども、言われたからには何とかしたいと、いろいろ考えた。もしかすると、まだ練習問題方式の入門書は無いかもしれない。そう思いついて、実現に向けてあれこれ目次の案を考えてみた。

そのとき、青山学院女子短期大学で十数年のあいだ女子学生に短歌実作の授業をおこなった経験を思い出しながら、必要な項目を決めていった。何とか出来そうだという気になった。

連載は「歌壇」平成二十三年一月号から始まった。練習問題については、「コスモス」に優秀な友人がいるので、実際に問題を解いてもらい、難易度を調節した。一回一回、易しすぎず難しすぎず、という練習問題になるよう努めたのだが、たぶん初心者にとっては難しい問題もあるだろうし、力量のある人には簡単すぎる問題もあろうと思う。

連載は途中一回休みを挟んで、平成二十四年十二月号まで計二十三回続いた。本書で第一章〜第二十三章となっているのが連載部分に当たる。最終章「推敲は、仕上げ&創作」

は追加原稿である。これは今年五月、ＮＨＫ学園の伊香保短歌大会が開かれたとき「推敲の楽しさ」という題で話した講演を、短く簡潔な文章に書き直したものである。

私の頭脳は知識の蓄積が乏しいので、連載はその都度、勉強しながら書いた。だから十分に意を尽くした内容とはなっていないが、本書が短歌を愛好する人々にとって何らかの糧になることを願っている。

最後に、連載中いろいろ励ましの言葉をかけてくれた奥田さん、そして単行本にするに当たって力を尽くしてくれた池永由美子さんに感謝したい。

二〇一三年九月二十四日

高野公彦

著者略歴

高野　公彦（たかの・きみひこ）

昭和16年生まれ。
「コスモス」編集人。歌集『水木』『汽水の光』『淡青』『雨月』『水行』『地中銀河』『天泣』『水苑』『渾円球』『甘雨』『天平の水煙』『河骨川』、著書『地球時計の瞑想』『うたの前線』『鑑賞・現代短歌　宮柊二』『歌を愉しむ』『ことばの森林浴』『うたを味わう―食べ物の歌』『うたの回廊―短歌と言葉』『北原白秋　うたと言葉と』『わが秀歌鑑賞　歌の光彩のほとりで』など。

コスモス叢書第1043篇

短歌練習帳《たんかれんしゅうちょう》

2013年11月25日　第１刷
2022年11月７日　第７刷

著　者　高野 公彦
発行者　奥田 洋子
発行所　本阿弥書店《ほんあみ》
東京都千代田区神田猿楽町２－１－８　三恵ビル　〒101－0064
電話　03－3294－7068（代）　振替　00100－5－164430

印刷・製本　三和印刷
定価はカバーに表示してあります。

ISBN978-4-7768-1026-1　C0092　Printed in Japan